# A rua das sibipirunas

Editora Appris Ltda.
1.ª Edição - Copyright© 2024 do autor
Direitos de Edição Reservados à Editora Appris Ltda.

Nenhuma parte desta obra poderá ser utilizada indevidamente, sem estar de acordo com a Lei nº 9.610/98. Se incorreções forem encontradas, serão de exclusiva responsabilidade de seus organizadores. Foi realizado o Depósito Legal na Fundação Biblioteca Nacional, de acordo com as Leis nos 10.994, de 14/12/2004, e 12.192, de 14/01/2010.

Catalogação na Fonte
Elaborado por: Dayanne Leal Souza
Bibliotecária CRB 9/2162

| | |
|---|---|
| | Silva, Yamandú Soilo Rodriguez da |
| S586r | A rua das sibipirunas / Yamandú Soilo Rodriguez da Silva. – 1. ed. – |
| 2024 | Curitiba: Appris, 2024. |
| | 188 p. ; 23 cm. |
| | |
| | ISBN 978-65-250-6263-1 |
| | |
| | 1. Literatura brasileira. 2. Coragem. 3. Justiça. I. Silva, Yamandú Soilo Rodriguez da. II. Título. |
| | CDD – B869 |

Livro de acordo com a normalização técnica da ABNT

**Appris** editora

Editora e Livraria Appris Ltda.
Av. Manoel Ribas, 2265 – Mercês
Curitiba/PR – CEP: 80810-002
Tel. (41) 3156 - 4731
www.editoraappris.com.br

Printed in Brazil
Impresso no Brasil

YAMANDÚ SOILO RODRIGUEZ

# A rua das sibipirunas

**Appris** *editora*

Curitiba, PR
2024

**FICHA TÉCNICA**

| | |
|---|---|
| EDITORIAL | Augusto V. de A. Coelho |
| | Sara C. de Andrade Coelho |
| COMITÊ EDITORIAL | Marli Caetano |
| | Andréa Barbosa Gouveia (UFPR) |
| | Edmeire C. Pereira (UFPR) |
| | Iraneide da Silva (UFC) |
| | Jacques de Lima Ferreira (UP) |
| SUPERVISORA EDITORIAL | Renata C. Lopes |
| PRODUÇÃO EDITORIAL | Bruna Holmen |
| REVISÃO | Katine Walmrath |
| | Simone Ceré |
| DIAGRAMAÇÃO | Bruno Ferreira Nascimento |
| CAPA | Eneo Lage |
| REVISÃO DE PROVA | Bruna Santos |

*Aos eternos professores, em especial a primeira, Celeni Rodriguez.*

*Para viver, é preciso coragem.*
*Tanto a semente intacta como aquela que rompe a sua casca têm as mesmas propriedades.*
*No entanto, só a que rompe a casca é capaz de se lançar na aventura da vida.*
Kalil Gibran

# Sumário

PARTE I
A RUA E OS NOVOS MORADORES................................. 11

PARTE II
PEDRINHO...................................................... 20

PARTE III
BENTO......................................................... 29

PARTE IV
SIMONE ....................................................... 41

PARTE V
JOHN E A ESPINGARDA.......................................... 47

PARTE VI
TIO PEDRO .................................................... 52

PARTE VII
MALIK......................................................... 59

PARTE VII
AS BRUXAS..................................................... 62

PARTE IX
O DESAPARECIMENTO DAS CRIANÇAS............................... 76

PARTE X
OS CURANDEIROS ............................................... 89

PARTE XI
O LOBISOMEM ............................................................... 93

PARTE XII
A CASA DE JOGOS .......................................................... 117

PARTE XIII
AS PERSEGUIÇÕES .......................................................... 133

PARTE XIV
A MORTE DA IMPRENSA ................................................... 172

PARTE XV
A MANEIRA A LA JHON .................................................... 176

# PARTE I

# A rua e os novos moradores

# 1

O juiz Marin, o general Heitor e o padre Vinicius, encandeados pelas riquezas da região, planejam morar na Rua. O plano despertara interesse, e mais pessoas a segui-los. Porém, esqueceram-se de pesquisar sobre os moradores.

A Rua, estreita, se alonga por mil metros, em três níveis bem distintos. A parte baixa, região da planície, se estende por setecentos metros até o começo das pequenas elevações; o nível médio percorre duzentos e cinquenta metros; e cinquenta metros compõem a região íngreme, a parte alta, difícil de acessar.

Eram 7 horas quando John chegou ao ponto mais alto da Sibipiruna. A quinze metros de altura, teve a sensação de ser alçado às nuvens. Depara-se com fumaças brancas planando entre o Monumento Maia e o azul-celeste. Com o auxílio das lentes BAK4 do binóculo — HT8 diurno e noturno, longo alcance da Nasa —, monitora a Rua, da parte baixa à mais alta, e acessa o interior das casas pela ventana.

As sibipirunas predominam na paisagem. A da entrada da Rua era alta, com as raízes sobrepondo-se à terra, o tronco espaçoso, com anéis no caule, exibia a placa: RUA DAS SIBIPIRUNAS.

Direciona o binóculo para a casa de Malik e foca Jonathan em direção ao portão. Esquadrinha imagens nítidas do menino, e com o uso do dispositivo para captação da luz, amplia a imagem ao entorno onde ele brincava. Eleva à parte plana da Rua e visualiza a bruxa Camilla, vestida com a capa vermelha por cima do vestido azul-marinho, com o gato preto SIA II saindo na calçada. Posiciona a lente à altura do cruzamento com a estrada da colina, e identifica a barba e os cabelos do Armindo, aproximando-se vindo do casarão da colina. Deixa as lentes correrem sobre a cerâmica ainda sem o Agenor no pátio, como é o hábito mais ou menos no horário. O bolicho da esquina e a barbearia estavam com as janelas e portas fechadas. Desce à casa 27, e vê Pedrinho no portão sentado no banco da bicicleta com um pé no chão e outro no pedal, os olhos fixos no celular.

A imponência da sibipiruna influenciara a aquisição do imóvel pelos bisavós de John e aquele tornou-se o local onde se reuniam no entorno da mesa talhada. Fixaram a residência na parte da frente e construíram o galpão da vindima ao lado. O Monumento Maia, que se ergue majestoso por sobre a copa da sibipiruna, coberto por plantas da floresta e ofuscado pelas brumas da manhã, era o ponto mais elevado da província de Odessa.

Formada na maior parte por vales, planícies, colinas, a província também tem regiões niveladas onde se encontram os baixios. As estradas sinuosas e com declives verticais nas encostas atormentam até os motoristas audaciosos e experientes.

Não há sequência de moradias. A diversidade das composições de terreno faz com que as concentrações humanas fiquem em lugares remotos. São ruas e vielas nos vales, intercalados por morros, colinas e montanhas, criadas pelo homem como se estivesse a fugir dos grandes centros. Ocorre que, afora a beleza natural, possui um problema. Trata-se de uma das regiões ricas do planeta e atrai a atenção de gananciosos, capazes de fazer qualquer coisa para se apropriar das riquezas naturais.

Criada pelos colonos italianos, atraídos pelas terras férteis para cultivo da uva e a vinificação, e pelo Parque das Sibipirunas, que pinta a área com folhas verdes e flores amarelas nas primaveras, a Rua das Sibipirunas está localizada no centro das riquezas. Esse recanto natural está integrado ao mundo por rede de comunicação que possibilita acesso à internet por smartphones e computadores.

Às 11h01, uma fileira de sibipirunas em frente à casa n.º 19 bloqueava o sol e projetava sombra em ambos os lados da Rua. A casa é construída em madeira maciça e a porta aberta revela a parte interna sem pintura. Na cozinha de chão batido, a senhora Milla prepara o almoço. Evan Malik, o primogênito, trabalha na cerâmica, e a Maria Cecília saía da escola quando o sinal tocava, às 11h50. Oto é carpinteiro autônomo e o dia a dia era cheio de trabalho. Enquanto isso, Jonathan, de 4 anos, imita o motor de um carro real. Com a mão esquerda puxou a corda amarrada ao carrinho de madeira construído por seu pai. Não há o que temer em deixá-lo brincar à sombra da sibipiruna.

Distante 981 metros dali, em cima da colina do terreno, as batidas do martelo e o barulho da serra anunciam a construção da igreja e do internato que abrigará alunos para o sacerdócio. Após cinco dias, o general Heitor comprou um imóvel a 40 metros da igreja. E em menos de 48 horas, o juiz aposentado Marin adquiriu um terreno de 60 metros de largura e 120 metros de comprimento, onde construirá uma mansão de 314 m² no lote n.º 976.

Toda a semana, trabalhadores de uma construtora, contratada pelo bicheiro Lontra, operam no local n.º 916, onde será construída a casa, rodeada por muro de três metros de altura, com três fios de arame farpado presos à cerca elétrica, para garantir a segurança. Embora longe do perigo, pois o lugar exala paz. Desse jeito, se instalam à Rua os integrantes de um grupo determinado a explorar as riquezas da região.

No oitavo dia, um Rolls-Royce desce lentamente pela Rua. Alister lançou o olhar ganancioso agindo como um detector de metais. O aviso do olho direito dispara em frente à vindima. Parou o carro, sem baixar os vidros, analisou: a casa, o celeiro, os parreirais, e apreciou cinco minutos o Monumento Maia. Então Alister abriu a porta e desceu com seus três companheiros. Bateu palmas e aguardou.

A porta do galpão se abriu e Adotter apareceu, usando um pano com álcool para limpar a mancha do suco de uva das mãos. Ao caminhar, olha em direção ao portão da frente.

— Pois não, o que gostariam?

Nesse instante, Pedrinho passa *fazendo grau* de *bike*.

— E aí, seu Adotter, qualquer coisa, é só me chamar.

Adotter esforçou-se para prender o riso.

Fez o retorno e cruzou novamente, com a roda dianteira levantada.

— Aí, seu Adotter, qualquer coisa, o senhor me chama. Desconfia deles. Já tirei foto da placa do carro, que é de outra província, e filmei os quatro — alertou enquanto enquadrava outro *flash* com a câmera do celular.

Com isso, Adotter caiu na gargalhada por um momento. No entanto, o primeiro à frente, o Alister, o seguiu com o olhar mortal até a casa n.º 27. Mas, enfim, atende Adotter.

— Passamos pela frente e avistamos a área arborizada e a estrutura pronta, uma casa, um galpão e vinhas. Temos interesse em investir em imóveis.

Apesar de ter guardado mais tempo ao Monumento Maia, Alister ainda não o mencionou. Adotter transmite reações ao ver uma mudança no estado emocional expressa por meio de gestos e olhares dramáticos. A atenção dos quatro se voltou para a pessoa que apareceria nos fundos da casa.

John carregava uma espingarda que acabara de ser polida com o óleo WD 40 e a pistola pendurada no cinto, coberta por um casaco azul-marinho que ia até os pés. A aba do chapéu preto cobria sua testa, cheia de raiva.

— Vocês viram a placa de vende-se? Aqui há o vinho Adotter e nada mais. Deem a volta e vão embora.

O rosnar e o avanço dos três companheiros foram interrompidos pelo teatral Alister, enquanto desempenhava o "pacificador". Preserva o olhar em John, e se despede dos Adotter. Gesticula com a cabeça para retornarem ao Rolls-Royce.

Adotter queria dar a mesma resposta, mas o impressionara o modo decidido com que lidou com a quadrilha.

Ao retornar, Alister, intrigado, comentou:

— Viram a espingarda? É do exército. Como ele conseguiu? Até neste fim de mundo tem arma do exército.

Pablo quis saber o sinal disparado pelo olhar de Alister:

— Será que foi o ouro que seu olho direito detectou, chefe? Viu o enorme monte por cima da copa da sibipiruna. Que será que tem nele?

— Não tem nada nele. É um monumento Maia, coberto pelas plantas da floresta.

Diminuiu a velocidade perto da casa n.º 27. Ficaram na frente e fecharam os vidros com a película fumê Garware — escura por fora e clara por dentro —, durante sete minutos em silêncio.

Em menos de duas semanas, os móveis do delegado aposentado Ravi chegaram à casa n.º 950. E, na calada da noite, um caminhão LS transportou um homem, conhecido como Az de Wallett. Construiu a casa na parte plana da Rua, com galpão aos fundos, onde deixou os móveis para mais tarde pôr em ordem.

O senhor Lorenzo, popular morador da Rua, um dos pioneiros do tempo das casas velhas, estava atento às movimentações. A chegada dos moradores seguia-se de trejeitos no corpo: ombros e sobrancelhas levantados, os olhos arregalados. As reações significam maus presságios.

Fora em busca de conselhos. Abre o portão da casa onde as plantas da frente locomovem-se e olhos e bocas das abóboras remexem-se. A abóbora próxima ao degrau da porta pisca para Lorenzo. A porta range e abre-se antes de bater. Vem recebê-lo a gata Maine Coon, preta, gorda e com os olhos arregalados. A voz vinda do sótão convida-o. "Entre, senhor Lorenzo."

— Com licença.

Observa a imagem nos espelhos colocados em lugares diferentes, velas, símbolos nos quadros e nos panos. A bruxa Camilla surge às costas. O coração salta e quase sai pela boca.

— Veio me visitar?

— Sim, mas pretendo retornar vivo — respondeu depois de engolir o ar em cheio.

Cumprimenta-a com bom-dia e eleva o chapéu de abas largas cinza em sinal de respeito. Presenteou-a com maçãs, nozes e o vidro de mel de lechiguana, melado pelo lagarto Rob. Era predileção de Camilla junto ao pão de milho no chá das manhãs.

Depois de dez minutos de conversa geral, que incluiu lembrar o sítio e querer voltar ao antigo lugar, indagou: "Viu os novos vizinhos, algo a incomodou?". Camilla percebera os receios por trás da curiosidade.

— Entra aqui na sala.

Pouco acima do meio da porta havia a placa com os dizeres: "SALA PARTICULAR". A sala foi projetada para passar energia espiritual a quem entra. Mas a bruxa Camilla funciona…, semelhante aos médicos. Somente após receber o valor da consulta. E ainda enfatizou:

— Nem os médicos atendem antes de receber. Apesar de a Constituição Federal garantir que a saúde é direito de todos. Sentou-se na cadeira perto da mesa e gesticulou com a mão esquerda.

— Sente-se, senhor Lorenzo, no sofá da frente.

Ao se acomodar no sofá, percebeu SIA II em cima da mesa, com os olhos arregalados fixos nele. A gata preta idêntica a SIA, que fora levada por traficantes de animais e vendida a um americano. Corre os olhos para a esquerda, e retorna para ver se a gata se distrai, mas o olhar arregalado continua sem mexer, em sua direção.

Camilla puxa as cartas de tarô ao lado e espalha sobre a mesa. Seus olhos lacram, por instantes. Respira fundo... e após o esforço os deslacra. "Eles já se conheciam... Atuam juntos e planejaram a vinda para a Rua por ser próxima a área de riquezas e menos enfrentamentos. Pelo menos é o que esperam."

As previsões dizem que "estão de olho nas riquezas indígenas, mas algo excêntrico se desenvolverá durante o período em que aqui estiverem e terá graves consequências". Mas Camilla deixou de esclarecer o "algo excêntrico", pois "ainda se mostra confuso".

Saindo da sala, Lorenzo enxerga a gata esparramada no sofá com o olhar saltado em sua direção. Agradece as informações. Ao abrir o portão, de novo encontra SIA II e o mesmo olhar sem mover. Tenta ignorar por estar de saída, vira as costas para a gata e dá de frente com outro idêntico em cima da charrete com o olhar fixado nele. Volta-se ao portão e lá está o gato. "Então são dois..."

Ele achou que era trapaça da bruxa. Se esgueirou e pulou na charrete e depois escapou. Sentado no moirão que sustenta o portão, com as patas dianteiras esticadas, SIA II o seguiu com os olhos.

Depois de desaparecer de vista, Camilla pensou em voz alta. "O grupo veio para a Rua certo de que seria o lugar tranquilo onde os crimes cometidos ao longo da vida continuariam. De olho nas riquezas do território indígena deixaram de se informar sobre os moradores. E essa falha lhes custará caro."

Os novos vizinhos reúnem-se para definir a participação nos projetos da igreja. E criam uma organização com o objetivo de obrigar os moradores a trabalhar para eles e se apropriar das riquezas da região. O general derruba com um golpe a placa RUA DAS SIBIPIRUNAS, e prega a T.I.R.A.N.I.A.

A construção da igreja e do internato faz parte do projeto para arrecadar doações. Foram oportunizados aos crentes os meios para doar: contas bancárias, pix, cartões de débitos, internet e durante as missas. Então eles não terão motivos para deixar de colaborar com a igreja. O juiz, o general, o bicheiro, o delegado e o banqueiro trataram primeiro de proteger os interesses, de acordo com o arrecadado. E, em troca, trabalham para organizar as festas e as procissões, criadas para extorquir dinheiro dos fiéis.

O bicheiro Lontra explicara a distinta exigência. "Preciso lavar o dinheiro do jogo do bicho e do narcotráfico."

# PARTE II

# Pedrinho

# 2

Pedrinho derrubara duas taças raríssimas da coleção do pai, Bernardo. Miriam, emocionada, sem conseguir conter-se exalta: "que gênio", e só permite à diarista retirar a "obra de arte" depois de filmar com o celular e enviar aos avós, que, ao verem a "maravilha", elogiam: "fenômeno, melhor que o Ronaldinho", e sugere à mãe presenteá-lo com o corte de cabelo moderninho.

Ele entra na barbearia do Marçal com o livro *O príncipe*, de Maquiavel, e o marcador de texto. Abre-o para ler enquanto espera a vez de ser chamado para o corte Ondas Natural Desconectado, mas ficou atento. Escutara dos presentes a história ouvida no bolicho, quando fora comprar verduras, mas que pegara só o final:

— O juiz tem o maior pânico em relação à ministra Celmma ELSA C. — bradou Olavo, gringo cuja voz grave podia ser ouvida do outro lado da Rua.

Assim que foi chamado para sentar na cadeira, continuou a ouvir.

Quando o barbeiro terminou o corte, perguntou:

— Quer verificar pelo espelho os desenhos atrás e nas laterais?

— Não precisa, pois quero experimentar o corte Undercut Moderno.

Lá foi o barbeiro separar a máquina para o novo corte. E, assim que termina, posiciona o espelho no entorno do cabelo para mostrar os desenhos. Após verificar, Pedrinho disse:

— Quero conhecer o corte Pompadour Texturizado.

Pedrinho gostou do primeiro corte, mas a história continuava e queria ouvir o final. O barbeiro deu os primeiros sinais de insatisfação, que superou depois de tocar três vezes na barriga dele com o cotovelo, e contar um, dois, três com os dedos e colocar os valores na mesa. Depois de reparado o ruído, o barbeiro recomeçou alegremente a cortar o cabelo. Assim que ele desceu da cadeira, tudo ficou em silêncio, mas começaram a rir, e Pedrinho riu junto com eles.

Após ouvir o que era de seu interesse e lembrar o nome completo do juiz e da ministra, foi direto ao notebook. Ele começou a pesquisa na internet e foi até de manhã e só se deu por satisfeito ao encontrar informações sobre o juiz e a causa do seu medo em relação à ministra.

Marin tinha como ídolo o colega que desviara milhões para a construção do Fórum da província de Bielorum. Embora também trocasse ideias com o desembargador que mantinha a empregada na condição similar à de escrava e o desembargador campeão em vendas de decisões do TJ da província de Odessa.

Ele havia demonstrado "ciúmes" à juíza Mula, como os bicheiros a chamavam, por aceitar propina da máfia do jogo do bicho. Concordou em meio a conversas que mantinham e davam gargalhadas com a ideia de se mudar para a província. No entanto, ele tinha medo e nutria um ódio silencioso pela ministra Celmma ELSA C., que exigia a declaração de renda dos seus ganhos patrimoniais.

Celmma ELSA C., enquanto esteve à frente da CNJ, descobriu o supersalário do juiz. Carregava a pistola Taurus G3c à mostra na cintura durante as inspeções disciplinares, instaladas para combater as irregularidades. Para Marin, a Rua será uma chance de viver sem imprensa e esquecer a perseguição.

Pedrinho resolvera testar o Marin. Avistara-o na companhia do bicheiro Lontra e o Az de Wallett. Alerta que a ministra Celmma ELSA C. continuava a exigir as declarações de renda. Mas, como ainda era pouco para o leitor de Maquiavel, em voz alta, comenta como se fosse para os amigos sentados à mesa: "A ministra Celmma ELSA C. será nossa próxima vizinha".

Aproveita o embalo para ver o que descobria dos demais recém-chegados. Entra nos sites de notícias e acompanha a participação do exército no Haiti. Seguira a campanha de paz durante a operação em Cité Soleil, favela de Porto Príncipe. Ficara indignado, pois a imprensa acusara a falta de estratégia dos militares e a impunidade pelos exageros cometidos contra os pobres. Sequer distribuíam os alimentos doados por outros países e criavam tumulto sem necessidade.

Descobrira que o militar contrariava os interesses indígenas e tinha aversão aos pobres. Assim ficaria no pé do general, pois Pedrinho defendia a efetivação dos direitos dos menos privilegiados, e tinha amigos indígenas que o informavam a realidade do território.

A nação indígena, além da luta sem resultados pela demarcação do território, ainda convive com a exploração ilegal de seus recursos e danos ao patrimônio. As invasões trazem ameaças, principalmente a violência de garimpeiros, grileiros e madeireiros. Eles descem às margens dos rios desferindo tiros, atacam as mulheres, e incendeiam casas.

A violência é consequência da política dos governos, que não defende os territórios. A omissão serve como convite para intensificarem ações contra o meio ambiente e os povos. E quem deveria servir à causa indígena facilita a entrada das empresas de mineração e de extração de madeira.

Pedrinho também descobriu que o general divulgou em sua rede social o propósito de acabar com o princípio da isonomia salarial no exército. "Onde se viu soldado, cabo, sargento terem o percentual de aumento do general. Se o princípio permanecer, jamais ganharei a fortuna do tempo da ditadura."

Ele odiava a Constituição Federal e queria a retirada da isonomia salarial. Ao chegar ao poder, entendera que bastaria rasgar a lei maior, e pronto. Nenhum outro posto terá aumento no mesmo percentual. Debochava dos comandados ao aceitarem o discurso de que o exército estava no poder.

— No poder é uma utopia. Quem colhe as benesses do poder sou eu, o general; os soldados estão lá no lugar deles.

Pedrinho informara-se que o grupo viera à Rua por ser uma terra de ninguém. Sem enfrentamentos se apropriariam das riquezas. Teriam facilidades em relação à corrupção nos tribunais e no exército. A justiça seriam eles e a imprensa das províncias jamais se interessara pelo lugar. A rua se tornaria o centro para estocar o ouro.

Heitor, junto ao Ravi, ameaça quem se opõe à entrada de mineradores nas terras indígenas. "Deixe passar ou levarão chumbo." Juntos, eles ordenaram que os soldados atacassem as aldeias e levassem o ouro dos indígenas. "Mesmo que as mineradoras estejam à procura de ouro, vamos roubar o que está nas aldeias."

Na província, o general declarou-se contrário à política indigenista, na época da demarcação do território Raposa Serra do Sol. A área é considerada das mais ricas do mundo devido à concentração das riquezas naturais, e ele defendeu com veemência que a reserva Raposa Serra do Sol fosse "doada" às multinacionais.

Pedrinho, por curiosidade, tornou-se pesquisador disciplinado. Após acessar as informações, levava-as à mãe professora. Ele teve acesso a documentos que comprovam que Marin participou de decisões a favor de grandes companhias telefônicas e bancos, e concedeu *habeas corpus* a líderes do narcotráfico. Durante uma audiência de custódia ordenou à polícia que a droga fosse devolvida ao traficante.

Alister foi um dos banqueiros que se beneficiaram das decisões de Marin. Esteve envolvido na criação de uma empresa de câmbio composta por instituições financeiras, cujo objetivo era manipular o mercado mediante a combinação do preço e volume de dinheiro. Prejudicou clientes que pagaram o preço previamente acordado. As informações eram trocadas por meio de *chats* de uma agência de mídias. Na época comprara a mídia por ouro e manteve o silêncio sobre o processo.

Porém, Pedrinho não se vende, e ainda compartilha a experiência. Divulgou as informações nas redes sociais com a foto do Alister em frente à casa. Obteve milhões de curtidas, e o banqueiro recebeu as devidas homenagens nos comentários.

Ravi, na ativa, era famoso por perseguir e prender grupos concorrentes de tráfico de drogas com Ruan Torres, comandante da maior rede de tráfico da província da América. O delegado prendia os traficantes e transferia a droga a Ruan, e conquistou o respeito do traficante, que incluía hospedá-lo em uma casa de campo, pescar em um barco no lago e participar de festas frequentadas por lindas mulheres. Ele também recebia uma grande quantidade de dinheiro pela peripécia.

Mas, perante os órgãos de comunicação, o delegado exibia entusiasmo com a prisão dos traficantes e a apreensão das drogas.

— Foi um grande feito da polícia. Demos um profundo golpe no crime organizado — gabou-se à imprensa.

O jovem repórter, de nome Marco Sentinella, cria do jornalismo da UFO (Universidade Federal de Odessa) que prestava seus serviços para grande rede de TV, não se deu por satisfeito e logo o questionou:

— Por que não queimam a droga em um local público para que a população tome ciência de que não corre o risco de ser transferida para outro grupo de traficante? E nem que haja dúvidas quanto à destinação dada à droga, delegado?

O delegado, ainda tomado pelo entusiasmo de aparecer na mídia, quase caiu para trás com o efeito da pergunta, mas retomou a posição dos ombros levantados e do peito estufado, e numa tirada do momento disse:

— Levarei a ideia de incinerar a droga para o meu superior.

Porém, nunca mais retornou ao assunto nem se teve notícia da destruição da droga, ou de qual destino lhe foi dado. Entretanto, em menos de dois meses o repórter foi encontrado morto. O inquérito policial alegou suicídio.

E o que vemos é que Ravi dirige carros de luxo, compra imóveis, e tem uma posição financeira que não corresponde ao seu salário. Foi denunciado por um jornal televisivo por se apropriar dos objetos apreendidos do furto e do roubo. A Secretaria de Justiça e o governador da província de Odessa reuniram a imprensa para informar o afastamento do delegado das funções públicas. No entanto, passados dois anos, o programa de TV *Jornal do Café* descobriu que atuava em uma cidadezinha do interior.

Também teve o nome ligado à máfia do ICMS, descoberto durante a Operação OrangeSoy. O esquema de corrupção dera prejuízo de bilhões de reais aos cofres públicos, por crimes de formação de quadrilha e lavagem de dinheiro, com o desvio dos recursos arrecadados de ICMS. A esposa e as filhas mantinham discussões por ter sujado os CPFs delas. Usou a própria família para abrir empresas de fachada e lavar o dinheiro da corrupção.

A respeito do bicheiro Lontra, Pedrinho descobriu negócios com o general Heitor relacionados ao tráfico de armas e o ritmo voraz de crescimento. O bicheiro disputava os pontos dos jogos de azar e competia no ramo do tráfico de armas sem dar trégua aos rivais.

Ele possui livre acesso e o respeito dos políticos, empresários, figurões da justiça e generais ligados ao poder. Embora preso no início da operação C.O.B.R.A., logo fora solto e os processos arquivados por influência de Marin. Não podia nem ouvir o nome da juíza Cecília Conrad, que o prendera, pois era a "Anta Esperta, que queria acabar com a carreira do empresário de respeito".

Após passar pelo filtro da professora Miriam, Pedrinho organiza o material e leva para John e Malik, que o apelidam de Imprensa.

Alister reúne-se com Ravi, Marin e o Heitor e começa a dizer sobre o Pedrinho:

— Ele é versado em internet e a mãe, Miriam, professora de filosofia.

O general deixa cair os braços, senta na cadeira e protesta:

— Era só o que faltava, até aqui no fim do mundo! Internet e a praga dos professores. Criamos Igrejas para manter a população na ignorância e espalham mestres para esclarecê-los. Assim ficará difícil manter o poder...

# 3

O dia em que fazia dois meses da chegada do grupo coincidira com a data de São João. Crianças e adolescentes passaram o dia catando lenhas secas, troncos de árvores mortas, galhos de aroeiras. As taquaras foram doadas por Lucy do plantio dos fundos do terreno, e juntadas aos pneus velhos. Organizaram a fogueira no meio do campo de futebol 7, ao lado da casa n.º 19.

Cravaram quatro caibros, um em cada canto do metro quadrado riscado no chão para estruturar a fogueira; os oito pneus colocados um em cima do outro e no interior deles foram colocadas as lenhas e troncos, e por último as aroeiras picadas. As taquaras foram postas em pé no entorno dos pneus e a última camada externa, de baixo para cima, preencheram com eucalipto seco 8 cm de espessura. Aproximaram cinco grelhas com espigas de milho para assar. Eles combinaram de atear fogo ao escurecer.

No auge da comemoração, as crianças de mãos dadas giravam ao redor da fogueira e davam gritos aos estouros das aroeiras e dos nós das taquaras verdes. A alegria é cortada por saraivadas de tiros de pistolas oriundas das casas do general e do delegado que zuniram entre os adolescentes. As esposas do general e do delegado em suas casas abriam as caixas de balas e municiavam os atiradores para prosseguir os tiros. Segue-se a correria e os gritos de pânico.

Os pais saíram à frente das casas com os olhares apontados para as do general e do delegado. Uma mãe desmaiou ao ouvir os tiros direcionados às filhas ainda crianças. Vania é mãe de Celi e Grazy, que participavam da primeira fogueira de São João. Pela tradição a fogueira atrairia a proteção contra os espíritos malignos.

A gritaria e o som dos tiros alcançaram o final da Rua. Entre o galpão e a sibipiruna, John e Malik reagiram com os ombros levantados, peitos estufados, e o olhar fixos nas ações dos novos vizinhos.

Tainá correu à janela, porém ao ver a mãe passar com os olhos lacrados mudara o foco. Camilla direciona-se como uma autômata à sala particular e lá permanece trancada. Movimenta-se nas pontas dos pés para espiar no orifício do tamanho de uma moeda de dez centavos, originário do caimento do nó da madeira. SIA II, que a segue, começa a miar, e Tainá a coloca no colo para também espiar.

Camilla usava a capa preta presa ao pescoço por cima do vestido de cor palha que deixava visível as coxas roliças. Com os joelhos cravados ao chão, os braços e as mãos ergueram-se ao céu. Os cabelos e as roupas planavam como se um ar concentrado emergisse do assoalho. A força estranha continuava a lacrar-lhe os olhos. Por uma voz desconhecida praguejou. "O general e o delegado morrerão envenenados."

No outro dia, às 4h30, senhor Lorenzo, acostumado desde adolescente a levantar cedo para observar, na companhia do avô Ramiro, a cerração dissipando-se até o sol reinar pleno e, com a vista limpa, deixar os olhos correrem pelas planícies. Dessa vez levantara para retornar ao sítio Lá Fora. Sentira algo estranho e mais do que depressa tratara de arrumar as bugigangas e espremê-las na charrete. Ao sair da casa, lembrara-se de trancar bem a porta e de prender o portão com a corrente e o cadeado. Subira já com as rédeas nas mãos e descera o chicote em sequência no cavalo que em 28 km o levaria ao sítio onde semearia canteiros, soltaria as galinhas no campo e criaria traíras no pequeno lago. Após contornar a curva para a estrada do destino, gira o corpo para trás, os olhos arregalados denunciavam a fuga de algo terrível. Soltara o grito dos livres que não conseguiria mais prender na garganta.

— Tô indo embora desse lugar. E quem ficar que tenha coragem para enfrentar a corja.

A imagem de Lorenzo com a charrete foi sumindo pelo interior do campo.

# PARTE III

# Bento

# 4

Um jovem mantinha a frente de quatro a cinco metros, não mais que isso, para os três perseguidores. Adere à Rua, próximo à casa dos Adotter, conservando a dianteira. Pouco mudaria entre as regiões baixa e plana. Eles passaram lado a lado no começo da região alta, pois a subida é quase íngreme. Porém, Bento pôde subir os degraus da igreja, correu até os fundos, escalou o muro e pulou para dentro do internato. Caiu com o corpo por cima do braço e ainda bateu a cabeça numas das pedras que decoram o jardim rente ao muro.

— Leve-o para dentro para os cuidados necessários — determina padre Vinicius, que passeava pelo pátio.

Bento recebeu tratamento, e assim que apresentou sinais de melhora ganhou roupas e toalhas. Depois de sair do banho, ele disse que era a primeira vez na vida que recebia ajuda e tinha um lugar tranquilo. Isso o deixou apegado ao lugar e mesmo que nunca tivesse pensado em nada parecido, ainda assim decidiu estudar para ser padre, pois sentiu que teria uma vida boa no convento.

Vinicius, após saber do interesse de Bento, chamou-o para uma conversa reservada. Disse-lhe que não fora acidente ter caído dentro do convento, mas um chamado para a igreja. E assim nasceu o padre Bento.

Entre os três perseguidores de Bento estava o irmão, Neko. Pensou em se aprimorar para entrar no grupo do presidente do Congresso Nacional, mas nunca o aceitaram por ser amador. Seus maus antecedentes eram motivo de chacota, não o capacitavam a ponto de fazer parte da organização para enganar o povo.

Mas não se dava por rogado, buscara conselhos com o governador da província Sulina, o que quase ganhou o Oscar de melhor ator do Joaquim

Phoenix, que fora magnífico na interpretação do Coringa, e que sentira a indicação ameaçada pelo papel de um colono que convencera os eleitores para se eleger. Mas após eleito retirou as vestimentas do personagem. Aumentou o próprio salário, nomeou a esposa como secretária e uma dúzia de parentes no segundo escalão. Ainda como arremate determinara o parcelamento do salário dos funcionários públicos.

No partido era conhecido como Quinzinho. Tudo que fazia queria os seus quinze por cento. Terminou o mandato como uma das famílias mais ricas da província. A mesma que já fora reconhecida como a de maior consciência política.

# 5

John dava os últimos retoques de tons terra ao vaso cilíndrico, encomenda da professora Miriam, para pôr o lírio-da-paz, quando informaram a prisão de Vera, acusada de pegar uma caixinha de leite no bolicho. Ouvira que estava em uma cela isolada no fundo da delegacia. Veio-lhe à lembrança a frente da casa com a filhinha de meses no colo. Sorria assim que o enxergava correr ao portão com as garrafas de plástico e as latas guardadas em uma sacola.

John abandonou a pintura do vaso, largou o pincel com tinta sem importar onde e correu qual um guepardo. Entrou na delegacia, passou por cima dos inspetores, escrivã, e foi direto à cela que fica no fundo da casa alugada para abrigar a DP. Mas a cela nem existia mais. Dá de cara com a área demolida. Alguém deve ter puxado a parede pelo lado externo, com auxílio de um trator ou outro veículo com motor de força.

Caminha entre os escombros com a poeira ainda alta tomando conta do ar; deixa passar dez minutos para clarear o entorno, e ao virar-se vê o cartaz junto à parte interna. "Prender uma necessitada é para corações duros, precisamos de homens fortes de caráter para acabar com os lobistas do CN e prender quem se apossa dos auxílios, sem necessitar dos nobres benefícios, que nasceram na CF destinados somente aos comprovadamente pobres."

O combate à desigualdade não tem eficácia na medida em que determinados setores com o uso da força do *lobby* junto ao CN apossam-se dos direitos nascidos para os mais necessitados. E a política dominante cria uma série de óbices para os direitos nunca alcançarem os miseráveis, desvirtuando o objetivo inicial da lei.

A interpretação tendenciosa para favorecer os grupos dominantes demonstra maior poder do que a intenção da lei. A eficácia é rápida e recebem os direitos, enquanto os miseráveis aguardam a implementação das políticas sociais desde a promulgação da CF.

Como se dera o sumiço de Vera? Ninguém soube explicar o ocorrido.

— Repassava os depoimentos em minha sala quando ouvi um estrondo. Corri para o local e o delegado e os inspetores já vasculhavam a área para encontrar algo em volta. A visão ficou impossibilitada por mais de cem metros devido à poeira alta e densa.

E Emily, ainda observou:

— Ouvimos somente uma risadinha.

Nos fundos da delegacia e no espaço paralelo, a área era livre e tomada de areia e pó batido em campo aberto que sumia até perder-se de vista. Consequências do desmatamento e queimadas para práticas agropecuárias.

Emily demonstrou ficar sensibilizada com o que leu no cartaz:

— O pior é que é verdade o desvio dos direitos dos miseráveis.

Era de origem humilde e, embora desempenhasse a profissão com a mais alta qualidade, dedicação e ética, não tinha o perfil da policial durona. Ocorre que tinha desenvolvido o lado humano. Fizera o concurso para melhorar a própria vida e a dos pais que moravam no interior de uma cidadezinha da Quarta Colônia.

Percorria a pé todos os dias mais de 1 km para ir à escola junto com a irmã Olívia, também policial. Nos dias chuvosos cobriam os pés calçados com sacolas de plástico e as atavam próximo à canela para mantê-los imunes ao contato com o barro, formado nas estradas de terra, e as retiravam antes da entrada na escola. No retorno faziam o mesmo com as sacolas reservas, deixadas na pasta escolar, para entrar em casa com os calçados limpos.

John era conhecido dos inspetores e escrivã, por isso mesmo nenhum deles se atrevera a comentar a entrada na delegacia. O delegado que prendeu Vera tomava cafezinho e batia papo descontraído com o deputado que recebeu cem mil em propina, mas como gravou um vídeo arrependido foi premiado com a candidatura a governador da província Sulina. E na sala de espera o bicheiro Lontra e o Az de Wallett aguardavam para lhe entregar parte dos ganhos.

Revirara canto por canto da Rua com a ajuda dos amigos que mobilizara na procura por Vera, mas sem êxito. Nunca mais vira a amiga com a filhinha. O esforço dos policiais também foi inútil. Dirigiu-se ao bolicho, onde conversou com Lucy, que retirou a acusação contra Vera. Parecia perder o fôlego ao poder atender o pedido. Sem tirar os olhos caramelados da direção de John, confessou que não saberia o que poderia fazer por ele, caso precisasse. Foi pessoalmente retirar a queixa. Depois desceram de mãos dadas, passaram a cerâmica sem nem perceber, indo direto à casa dos Adotter.

# 6

A casa da família Adotter fica no fim da Rua, n.º 1. O quarto do casal tinha móveis rústicos, cama e roupeiro enormes rodeados por tapetes, e banheiro. No quarto de John havia a cama, o roupeiro de duas portas, a escrivaninha e a cadeira com almofada no assento. O banheiro da cozinha era o mais próximo.

Embora decorada, a sala era utilizada como entrada. John nem conseguia se lembrar da última vez que se sentara na sala. Adotter dividiu o espaço entre a sala e a cozinha, para ler livros e conversar sentado no sofá antigo. Ele a construiu com ajuda de dois carpinteiros e com a ajuda ocasional do Pedro quando voltava das campereadas. Os engenheiros que visitavam o lugar perguntavam como construíra sem orientação técnica. Adotter respondeu que são necessários anos de prática para construir com segurança.

Mas a vida da casa parecia que era só a cozinha. Era onde permaneciam, e as visitas faziam a volta e seguiam direto. Havia a entrada independente pela porta larga e alta. A atração era o fogão campeiro e o forno à lenha para assar pães. Aqueciam o ambiente amplo, com os seus 5,2 m por 6,1 m.

Aos fundos, a trinta passos largos do final da casa, encontrava-se o galpão da vindima. John contara ainda quando adolescente. Fora construído dois anos após a casa com as toras de tatajuba. Adotter aproveitou a própria madeira para fazer as portas e as janelas e pintou com o verniz escuro. O local chama a atenção pela rusticidade e tamanho, pois projetado nos moldes antigos. A fachada é vista de longe e quem passa na frente pode vê-lo por cima da casa, devido aos cinco metros de altura.

Construído ao lado da sibipiruna, concentra a riqueza da família. O vinho Adotter, produzido pela família, de onde retiram o sustento.

Na entrada encontra-se a mesa de fora a fora, em madeira rústica. Uma tábua de três polegadas, colocada em cima de duas escoras móveis, tal qual saíra da tora. Criada para trabalhos caseiros e artesanais da vindima.

Com o tempo, Adotter separara um metro e meio da mesa, próximo à janela, onde aproximou a cadeira e usava o espaço como escritório. Mantinha o canto asseado, onde manuseava o caderno das anotações e as planilhas dos gastos e investimentos da vindima.

John passava parte do tempo livre no galpão, exercitando chutes e *jabs* no saco com areia pendurado no caibro 30 por 30 que sustenta a estrutura. Atrás do galpão, após um espaço livre de noventa e oito passos à la John, começa a plantação de 6.000 pés de uvas. A vindima possui dois hectares de plantio, destinados exclusivamente à fabricação de vinhos, com rendimento de 10 toneladas. Depois da colheita, ocorria a separação das uvas a serem destinadas à vinificação.

A família Adotter veio para a região em 1842. O pai de John assumiu a vindima após a morte do avô Miguel Adotter. Apresentava uma estrutura rudimentar e funcionava na área improvisada da casa. Talvez esse lugar seja hoje a cozinha.

John Adotter, camponês, acordava cedo só para observar a planície até o nascer do sol. Ele podava no final do inverno, e os parreirais retribuíam e produziam uvas a que nenhum guaxinim resistiria. Arrumou as garrafas de vinho no fundo do galpão, ao lado de centenas de vinhos velhos e bem conservados. Ou seria escondidos? Tudo o que sabia era resultado de anos de trabalho e aprendizado com os avós. Recebeu inúmeras investidas de compradores, mas — ligado à terra — ninguém conseguiria tirá-lo dali por nada.

A família detestava exploradores. Ainda bem que a casa era a mais distante da igreja. Adotter via no filho um destemido e apto a enfrentar situações difíceis. Os pais torciam para que nunca precisasse bater de frente com a corja que se formou na Rua, pois se fosse necessário os enfrentaria.

No ambiente em torno da sibipiruna havia uma mesa com quatro cadeiras onde conversavam sobre assuntos domésticos. O lugar, com os galhos cheios de folhas verdes e flores carregadas de pétalas amarelo--queimadas e pássaros cantando, era um convite para passar momentos com a família e os amigos.

Quando entrava o rigor do inverno, observavam a neve cair e se aglomerar nos telhados e nos galhos das árvores. Diva alegrava-se ao ver a família reunida. Lembrara-se de situações engraçadas durante as conversas ao calor do fogo de lenha, quando Pedro dissera que as uvas deveriam já nascer vinho para beber direto nos parreirais. E enquanto serviam na taça ele já bebia no garrafão.

Tinha maior contato com John à noite, quando retornava da cerâmica, e aos finais de semana. O galpão era o lugar preferido, onde por vontade ajudava na vindima. Mas Adotter desconfiava que fosse para verificar de perto a produção e as vendas. Usava a criatividade para escolha das cores para a marca do vinho, mas o que precisava era realizar os cálculos com os gastos e queria determinar o preço dos vinhos. Ela orgulhava-se de ter ensinado a John as quatro contas da matemática.

Do convívio do esposo e do irmão acrescentou recursos. Certa vez, ela foi pega treinando tiro ao alvo. Todos ficaram surpresos ao vê-la segurando uma arma.

— Quando começou a atirar? — perguntou Adotter.

Disse que atirava para pensarem que sabia.

— No início queria atirar nos guaxinins. Depois tomei o gosto e precisei treinar nas placas de tiros. — Risos.

Passara a trazer à cintura a pistola Taurus G3c para o caso de necessidade.

# 7

Diva Adotter era chamada de Ministra pela semelhança com Celmma ELSA C. E ainda por puro acaso arruma o cabelo e veste-se idêntica à real. Para desespero do juiz, que a confunde.

— O que ela faz aqui? — indagou incrédulo. — Mas não pode ser, como me descobriu aqui nesse fim de mundo? Aí é muita perseguição.

Entrou na casa e ficou a espiá-la, ela que bem em frente resolvera abrir a bolsa e ver se levava consigo tudo o que precisava. Nesse momento o vento abre o casaco e salienta a presença da pistola.

— Ainda carrega a mesma Taurus G3c na cintura. — O juiz apavora-se e começa a suar gelado.

Assim que ELSA C. ou Dona Diva, tanto faz nessas horas, olha em direção ao interior da casa, o juiz, internamente indefeso, atingido em cheio pela mais alta escala do medo, tropeça no degrau dentro da casa, vindo a cair em cima de uma pilha de livros que ao despencar causa barulho suficiente para ser ouvido na Rua.

Dona Diva dessa vez se aproxima do portão e bate palmas em direção à casa para ver o que acontecera. Porém, para o juiz, ela o investigava. Sabia onde morava e o vigiava com os olhos de águia. Lembra então do menino Pedrinho adiantar a vinda da ministra. Mas Diva, com o propósito de conversar com Lucy sobre a reposição dos vinhos, deixa a frente da casa dos Marin e se afasta em direção ao bolicho.

O juiz pega o telefone e marca uma reunião com o Alister, o Ravi e o Heitor para dar "um jeito" na ministra.

Diva, embora de gênio expansivo, mantinha o controle do que se passava na vindima. Não se deixava afetar pelos dias difíceis, pois a experiência demonstrara que logo seriam substituídos por bons momentos. Porque era assim desde o início e nunca haveria de mudar. Achava graça e sentia-se feliz por John desgostar que pedissem para fazer um simples café. Ficava furioso. "Tu mesmo poderás fazer." Mas a maioria das vezes bastava o olhar atravessado para entenderem que não deveriam pedir à mãe.

John visualizava o resultado antes de escolher o próximo passo. Queria planejar a saída da vindima para trabalhar na cerâmica. Precisava medir os prós e os contras para depois tomar a decisão. E assim agiria em outras situações.

Era especialista em brigas de rua e atirador de elite, defendia os amigos e até estranhos quando os via em situação difícil. Porém, o que a preocupava era ele ser indignado com as injustiças sociais. Ele acompanhava as contestações da ONU e da Organização Interamericana sobre os Direitos Humanos sobre as Injustiças Sociais, e os protestos contra os desvios dos direitos. Depois de anos de luta para serem incluídos no quadro dos direitos fundamentais do cidadão, as classes privilegiadas apossaram-se dos direitos, tirando-os de quem realmente precisa deles.

John reúne-se com frequência com a professora Miriam, para trocarem ideias sobre as artimanhas do sistema conchavado pelo um por cento dominante, desde o início da civilização, para permanecerem com o poder de decisão. "Por que são tão eficazes para se perpetuarem no poder? Quais são os papéis da igreja, do direito, dos governos, dos banqueiros, da indústria farmacêutica para manter o poder? Cada instituição contribui com a sua parte para manter o povo refém da fé, das leis, dos opressores, do capital, dos remédios."

John conhecera, nas províncias, os casebres miseráveis e acompanhara a luta dos humildes. O auxílio-moradia é o direito que nasceu com a intenção de beneficiar famílias que vivem na extrema pobreza, sem moradia ou em habitações sub-humanas. Os grileiros se apossam das terras e os governos se omitem. A invasão das terras indígenas determinada pelo general, ouro nas mãos do general e dos bispos, de nenhuma fé, de igreja nenhuma, revoltava-lhe. A exploração da fé das pessoas humildes, manipuladas para doar às igrejas por medo de não entrarem no céu. "Quem não se desfizer dos bens materiais não entrará no céu."

Diva temia que o conhecimento da realidade e o instinto indomável por justiça fossem uma bomba prestes a explodir. Em algum momento causariam problemas.

Porém, sentia-se feliz ao vê-lo interessado em querer prestar os serviços da melhor forma. Não queria apenas fazer. Característica percebida por tio Pedro, ainda quando adolescente. O treinara apenas para espantar os guaxinins, mas John se tornaria atirador de elite. Na cerâmica entrara como auxiliar de abastecimento da produção. As artes eram seu sonho e estar próximo às peças era a realização. Observava uma por uma e acompanhava os artesãos em atividade. Depois da sonhada chance, aprimorara-se e criara desenhos com designs modernos e novas cores.

Diva apreciava a amizade com o Malik, as risadas engraçadas; desligado de casa, saía a visitar os amigos nos rincões longínquos da província. E a companhia do irmão Pedro pelo humor e a vida tranquila. Aconselhava John a passear com o Malik e tentar ser mais tio Pedro e menos Adotter.

# PARTE IV

# Simone

# 8

Simone, além dos traços de beleza característicos, vestia-se elegante e sexy. Dizia ao esposo, o juiz Marin, que a mulher deve estar bonita em qualquer ocasião, pois nunca se sabe quando aparecerá o homem da sua vida. Era uma direta para o esposo, demonstrando que ainda procurava a paixão.

Ela caminhava no corredor ao lado do cachorro Bigu. Aos 40 anos e avó de duas meninas, era uma das mulheres mais bonitas da Rua, ou até mais que a filha Norma. Sentou-se à mesa do oitão e tomou o suco de laranja antes do café da manhã. Comentara com o esposo sobre a ida à igreja para conversar com o padre Vinicius.

Na chegada delimitara que a visita serviria para tratar sobre a organização das festas e das procissões. Mas o Vinicius alegrava-se ao vê-la com a saia de couro preto, o decote generoso, a boca carnuda pintada de batom vermelho provocante, que o fazia subir as pontas dos pés. Como demonstração da satisfação a presenteia com um frasco do perfume Sephora, guardado para quando o visitasse. Contente, agradece o presente, e o padre aproveita a ocasião de lisonja para tentar a aproximação.

Porém, Simone não aceitara a colocação de outro assunto. E ela escolheu um lugar para continuar a conversa. Inquieta e esperta sugere o passeio ao ar livre enquanto trocavam ideias. E seus pedidos eram satisfeitos. O padre sabia que estava infeliz com o esposo e criava expectativas, mas nunca conseguiria convencê-la a sentar no sofá.

No pátio do convento, Simone percebeu a presença de um jovem moreno que aparentava 20 anos, entre 1,78 e 1,80 m de altura, cabelos e olhos castanhos, corpo de atleta, caminhando por entre as árvores.

Padre Vinicius comentou sobre a sua chegada e aproveitou para explicar o modo como as coisas acontecem:

— Nem sempre estamos conscientes do que nos será oferecido, e de repente a oportunidade aparece bem à nossa frente quando menos imaginamos. É aconselhável nunca perdermos a esperança. Veja esse jovem perdido no mundo, tenta escapar da própria família e a corrida desesperada o traz em direção à igreja, pula o muro, cai dentro do internato e ainda bate a cabeça na pedra do jardim, justamente para permanecer conosco. Quem sabe sem o acidente retornasse no mesmo instante à rotina. Mas o destino pregou-lhe a peça e o tempo a mais para cuidar do ferimento foi decisivo para permanecer no internato.

Ao retornar ao escritório, o padre questiona Simone pela ausência nas missas. Dissimulada, alega que incentiva amigos e vizinhos a irem representá-la. Envia e-mails, mensagens de WhatsApp, realiza conversas em grupo por videoconferência, para os conhecidos prestigiarem as missas. E reforça a seu favor que precisava de tempo para as reuniões, festas e procissões. Entende que precisa servir melhor à igreja. E com o olhar e os gestos carregados de sensualidade diz que daria o melhor de si caso ficasse responsável pelos projetos e a parte financeira da igreja. O padre, incrédulo, leva as mãos à boca, e deixa claro que só dependeria de Simone.

Simone retorna para casa com o sentimento do dever cumprido. Precisava deixar claro que queria participar dos projetos e, principalmente, comandar a parte financeira.

No outro dia, próximo às 10h, da sacada da casa acompanha o padre Vinicius sair da igreja. Estava com o cabelo lavado e vestia roupas especiais para reunião ou viagem. Segurava na mão esquerda a pasta estufada, e envolta ao braço direito a pilha de documentos que eram pressionados pelo braço junto ao corpo para não caírem.

Aguarda o padre entrar no carro e sumir na rodovia. Corre para pegar as caixas previamente separadas, e desce à garagem para pô-las no porta-malas da Mercedes. Sai vagarosamente pela Rua e estaciona na frente da igreja; mal desce do carro, sobe as escadas a passos rápidos.

Com livre acesso, a secretária correra a se colocar à disposição para auxiliá-la. Determina abrir a porta do escritório de Vinicius para verificar os documentos que tinha esquecido no dia anterior. Após se acomodar na cadeira recém-adquirida toda em couro, determina que encoste a porta e traga à sala o sacerdote Bento.

Eva assim que ouviu prontamente correu para chamá-lo. Bento acabara de tomar banho, vestia as roupas simples que ganhara da igreja. Ao entrar na sala, Simone tinha abaixado o decote já generoso e cruzado as pernas, mostrando as coxas.

Cumprimentaram-se com bom-dia. Simone gentilmente pede que sente no sofá, postado à frente da escrivaninha. Salientara a história contada pelo padre Vinicius, a corrida em disparada, o acidente que o fez conhecer o internato e a decisão da igreja de acolhê-lo em preparação para o sacerdócio. Disse que concordava com o padre que fora um chamado após passar por toda a *via crucis* e agora teria a redenção e o melhor passaria a lhe ocorrer.

Disse que queria tirá-lo do ambiente, pois precisaria sair para tomar ar, porque tudo ocorrera tão rápido. Bento agradeceu e se dispôs a acompanhá-la.

— Precisas de roupas novas. Quero que experimente as que eu trouxe. Elas estão no carro — salientou Simone.

— Vou levá-lo para passear e você já aproveita para ver se ficam bem — disse em tom impositivo, sem dar chances de Bento contrariar a iniciativa.

Chamou Eva e comunicou que precisava levar Bento para fora da cidade para espairecer porque estava ainda incrédulo com a mudança brusca de ambiente. Parece que a explicação foi mais que convincente, pois Bento permaneceu sem esboçar gestos, e a secretaria abriu o sorriso de aprovação.

Percorreu oitenta quilômetros depois de entrarem na rodovia.

— Estás curtindo o passeio? Aproveite a paisagem — sugeriu Simone, que queria chegar rápido ao destino. — Gosta da ideia de ser padre?

— Querendo acostumar — Bento respondera.

Simone sorriu e deslizou a mão na coxa esquerda de Bento e complementou:

— Ajudarei a adorar todos os momentos.

Entraram na fazenda sem porteira e dirigiram mais de cem metros até chegarem à casa com galpão largo e comprido a trinta metros. Simone desceu do carro e entrou na casa, onde ficaria menos de dois minutos, tempo necessário para buscar o controle remoto, como se pôde constatar enquanto o portão levantava aos poucos. Depois que o Mercedes entrou, ele começou a baixar.

Depois de mais de três horas, o portão volta a se abrir lentamente e eles saem de banho tomado. Bento vestia camisa azul-marinho, calças de linho cinza e calçava sapato marrom. Além do perfume La Collection Privé, Boiys D'Argent, da Dior. Saíram sorrindo de mãos dadas. Dirigem-se à casa, e lá permanecem. A fumaça da chaminé denuncia o fogão em atividade e a queima da lenha. Simone pensara em tudo, pois levara café, pães e frutas para o lanche. É claro que lembraria o vinho Guatambu Épico VI.

No retorno determina à secretária que não comente que esteve na sala do padre. Porém, Eva nem se importou com o fato, pois foram as roupas novas, o perfume de Bento e, principalmente, o cabelo lavado de ambos que lhe chamaram a atenção. E assim que saíram, correu ao telefone para conversar com a amiga e colega de aula Maria Cecília.

Simone precisa cada vez mais do padre, e quer levá-lo para passear frequentemente. Bento, submisso às imposições, começa a buscá-la em casa. Após convencer-se de que tinha entrado na mente de Bento, Simone impõe a retirada do padre Vinicius do caminho e bola um plano para matá-lo.

Procura o doutor Andrey, amigo de adolescência. O encontro é na província Bielorum; entre cafés e risadas, combinam jantar no restaurante Subida da Colina. A noite se alonga e depois das cervejas resolvem dormir no motel da estrada. Ela retorna às 10 horas para casa.

Três dias depois, o padre Vinicius é encontrado morto em cima da cama. O relatório médico alegou que sofrera ataque fulminante do coração. Laudo do doutor Andrey, assegurado na noite no motel.

Simone confessara para Bento que armara para Vinicius viajar no dia do primeiro encontro. Pediu a um amigo para ligar passando-se por secretário da paróquia central e dizendo que o bispo o chamava para a reunião. Alertou padre Vinicius para levar documentos importantes para analisarem em conjunto. Isso daria formalidade e o convenceria de que era dever deslocar-se até a paróquia central, distante mais de 500 km. Era o tempo que precisava para convencer Bento a passear e depois dependeria dela mostrar-lhe os atributos. E com certeza conseguiu o planejado.

Ao dar-se conta do volume de dinheiro que circulava na igreja, Simone precisava bolar o plano para ficar com parte do bolo. Criara estratégias para desviar o dinheiro doado pelos fiéis e, em conluio com Bento, em menos de ano, milhões de reais que seriam para obras de caridade e a construção da nova igreja foram desviados para compra de bens pessoais, lavagem de dinheiro, apropriação indébita e falsificação de documentos com os quais adquirira imóveis.

# PARTE V

# John e a espingarda

# 9

Na noite de sábado, às 23h47, no meio dos parreirais, o vento gelado contraía o rosto, a única parte do corpo desprotegida. A touca, as luvas de lã e nem o casaco rente aos pés faziam frente ao frio, mas camuflara os movimentos e conseguira aproximar-se sem ser notado. Os guaxinins viam-se diante do banquete bem à frente. O líder subira no moirão da cerca que guarnece a vindima. Os olhos arregalaram-se ao ver os generosos cachos distribuídos pelo parreiral, com uvas estufadinhas, de cor acentuada, doce. Aproximavam-se em grupo faminto e as devorariam em minutos. Porém, centímetros abaixo das patinhas estilhaçaram chumbos oriundos da espingarda 9mm. A ação forçou-os a saírem em debandada.

John, com a mira ainda em curso, ficara indeciso entre acompanhar a fuga dos guaxinins ou correr para ver quem se adiantara para desferir o tiro. Os guaxinins saíram em disparada e pelo menos essa noite as uvas estariam livres. E o tiro de espingarda, fosse de quem fosse, fizera barulho suficiente para espantar qualquer devorador das proximidades. Mesmo assim, percorreu o parreiral a passos lentos e permaneceu sem se mexer em pontos estratégicos. Após certificar-se da retirada do atirador, retornou para casa, e atirou-se na cama com roupa e tudo. Trabalhara durante a semana na cerâmica e do início da tarde até esse momento era um faz-tudo na vindima. Passara a noite sonhando com os tiros de espingarda 9 mm e com os guaxinins a devorarem as uvas, rindo e dando tapinhas nas barriguinhas cheias.

Eram 7h49 de domingo, e o jovem John, com seus 18 anos recém-completos, moreno claro, 1,80 m de altura, cabelo cortado rente, chega à área da frente da casa com a caneca de café esborrifando de quente.

Sabia que o frio o deixaria na temperatura ideal em minutos. Mantinha a barba por fazer de três dias, e o costumeiro bigode que desce até o queixo e se estende pela mandíbula. Na lateral esquerda da testa uma cicatriz de 1,05 cm de largura por 4,07 cm de comprimento, que desce rente à lateral do olho esquerdo. Marca das lutas árduas, a maioria em defesa dos amigos.

O casaco azul-marinho descia às pontas dos sapatos e cobria a pistola na parte de trás da cintura. John deixara na mesa ao lado o chapéu preto; a espingarda e a vara de marmelo encostara à parede. Sentara para trás na cadeira de balanço, coberta por pelego com pequenos buracos formados pelas décadas de uso. Ela pertencera ao bisavô paterno. Imprime o movimento leve para trás e para a frente.

Entre um gole e outro de café, levara as mãos ao binóculo, embora da última geração, já gasto pelo uso diário, preso ao pescoço por um cordão da cor preta. Observara a 900 m de distância o início da obra de dois galpões de madeira rústica. Apresentava a estrutura com os caibros erguidos, as partes externas e a cobertura por construir. Três funcionários descarregavam dois caminhões. Um com toras secas de tatajuba rústicas pintadas de verniz escuro e outro carregado de tijolos maciços. Levavam em dupla os caibros à parte de cima para alimentar a atividade do dia seguinte. O da frente abria o caminho e o outro o seguia com a extremidade no ombro.

John estende a mão direita e pega a espingarda, ajeita a mira e dispara rente ao da frente, que recua e força a descida. Efetua outro disparo próximo aos calcanhares do de trás, e eles voltam a subir. Traz a arma com as duas mãos junto ao peito, por breve instante, sem retirar o olhar dos galpões. Coloca-a novamente em posição de tiro e mira no carregador de tijolos. Empurrava o carrinho pela tábua de 30 cm de largura estendida até a parte de cima da construção. Mas descera ao ricochetear das balas na madeira à frente, e subira quando zuniram rente aos calcanhares. Ele subia e descia de acordo com a posição dos tiros, mas suas mãos permaneciam firmes presas ao carrinho de tijolos. John mostra admiração. Balança a cabeça e sorri. Mesmo à distância mantinha o total controle de onde os tiros atingiriam.

Recoloca a espingarda ao lado da vara de marmelo, atira o corpo para trás, cobre o rosto com o chapéu e retorna ao ritmo da cadeira. No décimo sétimo balanço, quase tocou os cílios, mas sentira uma aproximação. Pulara com a pistola em punho, e dá de frente com o jovem com ombros levantados e peito estufado. A bota da perna direita firme colocada à frente, vestia casaco preto comprido e o chapéu de couro ao estilo *cowboy* da mesma cor. Girava duas pistolas uma em cada mão, passando-as de dedo em dedo, até serem colocadas na cintura.

Depois do show, a risada. Era Malik com a cabeça um pouco inclinada para o ombro esquerdo. Abraçaram-se após o ritual aperto de mãos, que consiste em esticar os braços para trás, bater e segurar firme a mão do outro. Trazia consigo o Plik; embora a cor preta fosse a predominante, eram os pingos brancos na pata direita e o círculo de mesma cor do tamanho da palma da mão na região do lombo que o distinguiam. Fora presente de Tainá, ainda filhote, no início do namoro.

O Dachshund está entre as raças de cães mais leais e obedientes. De pequeno porte, mas destemido, ficara sempre junto. Desde que se conheceram só o deixava em casa quando ia para lugar distante. Mas mesmo assim tinha que sair escondido. Latira faceiro para John até ver a porta encostada abrir e ter o pote de ração à la Plik à disposição.

Tinham marcado o encontro para a manhã de domingo. Mantiveram-se conversando em pé.

— John, onde está teu pai? Quero dar o bom-dia a ele — perguntara Malik.

Enquanto alisava os pelos do Plik, entretido com a ração, John indica:

— Lá no galpão.

Sacara as pistolas e os tiros zuniram no telhado, o que fez Adotter soltar as caixas de vinho sobre a mesa onde passava. Correu em direção ao portão, e antes de abri-lo ouviu mais dois tiros rasparem o telhado. Avista Malik e ouve a sua risada. Adotter breca sua corrida, grunhe... Rrrum é o único som que consegue tirar da boca fechada ao mesmo tempo que dirige o olhar de soslaio para Diva.

— John, que está acontecendo?

Malik ainda rindo responde:

— Foi o meu aceno de bom dia.

Diva surge logo atrás, desesperada, e resmunga:

— Malucos... Que é isso?

Dirige-se a John, sabendo que não fora o autor dos tiros:

— É coisa que se faça?

Adotter, mantendo a sisudez no rosto adquirida pela luta árdua da vida nos 50 anos, vira-se para Diva e dispara:

— Isso é coisa do desmiolado e bebedor de vinho do teu irmão que colocou os dois no mau caminho. Cansei de pedir para não deixar influenciar o John desde pequeno. Agora está aí o resultado.

Porém, tinham em mente os serviços prestados pela dupla, como manter distantes os maiores ladrões de uvas da vindima, os guaxinins e os periquitos. O crédito nada impedia uma chamada quando passassem dos limites. E não foram poucas as vezes.

Cumprimentam e abraçam Malik; Diva e Adotter brincam com o Plik, perguntam por Oto e a mãe, Milla, e seguem-se cinco minutos de prosa. Adotter retorna aos afazeres e Diva passa na cozinha onde deixara os pães na forma coberta por guardanapos. Estavam no ponto para serem levados ao forno.

John permanece à frente da casa com Malik. Percorridos vinte minutos um movimento distante, aos fundos dos parreirais, chama-lhe a atenção. Interrompe a conversa, ergue a cabeça e força o olhar ao longe. Dá dez passos à frente, passa as mãos no binóculo e consegue ver alguém montado a cavalo se aproximar lentamente. Espera alguns trotes a mais do cavaleiro, e alcança o binóculo para Malik, e em seguida cai na risada sem parar. Identificaram o cavaleiro a 200 m. O cavalo o conduzia pelo meio dos parreirais da vindima.

# PARTE VI

# Tio Pedro

# 10

Tio Pedro era militar aposentado; participara de inúmeras guerras, e fora atirador de elite do pelotão de fuzilamento. Pelo menos era a história que contava, embora fosse difícil contradizê-lo, pois era exímio atirador. E a partir da demonstração, as demais histórias passaram a ser tidas como verdades. Mas permaneciam as dúvidas nunca elucidadas. Tio Pedro conhecia os integrantes do grupo e mantinha livre trânsito com o general. Dizia que ele era um homem bom.

Não dava a mínima às acusações de Adotter. Orgulhava-se de ter ensinado John e Malik a defenderem-se e atirarem com a pistola e a espingarda. E tomava o vinho indiferente às reclamações do cunhado.

John e Malik desde criança ficavam sempre em volta. Era tio materno, padrinho e amigo de John, e amigo e tio por afetividade de Malik. Quando os treinava tinha em mente que ajudariam a espantar os guaxinins. Queria passar confiança, pois seria importante caso necessário defender-se. Percebera que desenvolveram os potenciais e foram além do ensinado. John usou os chutes certeiros e *jabs* de direita contraofensiva para ajudar o amigo que era agredido no chão por três homens. Ele ainda se tornou atirador de elite com a espingarda de longo alcance. Malik, além da coragem, era ágil com as pistolas e tinha boa pontaria. As habilidades adicionadas ao espírito indomável deram-lhes a fama de protetores.

Adotter, ao ver tio Pedro se aproximar, bateu firme com as mãos próximo às coxas de tal forma que saltou pó da roupa, e da boca saiu o grunhido... Dessa vez correu a esconder os vinhos e chaveou o galpão. Depois foi ao encontro dele. John, Malik e o Plik o seguiram.

Tio Pedro começara a rir antes mesmo de fazer o cavalo parar. Puxa as rédeas e as prende em torno da sibipiruna, que para ele era o pau-brasil.

— Olá, tio, ainda bem que o cavalo conhece o caminho. Veio tomar o vinho do pai?

Todos, menos Adotter, caíram às gargalhadas.

— Já fechei o galpão. De lá não sai nenhuma garrafa — disse, sério, enquanto o abraçava.

— Continua o mesmo velho pão-duro. Tem vinho nesse galpão escondido desde o tempo da guerra — respondeu tio Pedro com as duas mãos sobre os ombros de Adotter.

Abraçara Diva já com um pedido.

— Minha irmã, já vai separando as galinhas para fazer no forno. E diz para teu esposo escolher o melhor vinho. Que eu não vim de longe para beber qualquer coisa.

Diva permanecera abraçada ao irmão, e convidara a todos para um café com os pães novinhos recém-saídos do forno. Adotter agradece o convite, mas o que mais queria era retirar o pó do corpo. Tinha deixado os vinhos distribuídos no galpão por ordem de entrega para o dia seguinte e por hoje chegava. Precisava de um banho.

A caminho da casa, tio Pedro dirige-se aos dois amigos.

— Onde estão os caçadores de guaxinins?

Os guaxinins eram os procurados número um pelos produtores, por serem os maiores ladrões de uvas da região. Devastadores de colheitas inteiras, por serem bichinhos famintos. Seguidos pelos periquitos, que usavam a sibipiruna como torre para atacar as uvas. Na vindima eram vigiados de perto por John.

John e Malik foram colegas desde o ensino fundamental até o ensino médio. Iam e voltavam juntos da escola. John o ajudava a enfrentar várias encrencas quando os moleques o atacavam para brigar, pois, como Malik levava a melhor no um contra um, juntavam-se em turma para enfrentá-lo. Depois com o tio Pedro aprimorou as técnicas de defesa pessoal durante as simulações de lutas. E mostraram ser exímios atiradores durante os treinos mantidos entre o galpão e a sibipiruna.

Comentaram, rapidamente, sobre a origem das pistolas, das espingardas, do binóculo que tio Pedro lhes dera de presente e das armas que ele carrega. Todos de tecnologia avançada, pertencentes aos últimos lançamentos. Porém, o assunto ficou só entre os dois; não queriam levar a questão ao tio Pedro.

Durante o café, Adotter pediu a Diva que separasse as galinhas temperadas para colocar no forno e pegasse um garrafão de vinho para tomar.

— Dois garrafões — interrompeu tio Pedro enquanto entrava na cozinha de banho tomado.

— Só que tome sozinho — disse Adotter. — Amanhã é segunda e não posso facilitar; embora esteja tudo encaminhado, preciso saber como será o movimento.

John e Malik saíram para conversar na frente da casa, enquanto tio Pedro erguia o garrafão como quem ergue um troféu. Diva e Adotter já tinham deixado de lado as taças.

# 11

Uma semana depois. Domingo, às 7h46, John, após a corrida e de banho tomado, encheu a caneca velha com café, pegou-a na alça com o indicador e o médio da mão direita, os outros três dedos quebrara nas brigas, e foi para a frente da casa. Da caneca, colocada em cima do moirão, subiam nuvens de vapor. Era necessário o café estar quente para espantar o frio. O portão alto, fechado em madeira inteiriça, ainda deixava visível parte do corpanzil.

Entre um gole e outro pega o binóculo e o aponta para a parte alta, onde via a igreja, a casa dos Marin e a casa do Heitor. Observa por alguns segundos a parte plana, a cerâmica. E quando desce o binóculo vê acenos com as duas mãos vindos da janela da frente da casa de Dona Maria. John interpretara que precisava de ajuda. A menos de três meses, seu esposo fora morto por ladrões.

Salta o portão e corre direto ao fundo do pátio. Três estavam próximo ao pequeno galpão das galinhas poedeiras. Eram claros, fortes, aparência de 20 anos, armados com pistolas. Mas teriam tempo de usá-las? John só tinha a chance de bater, e precisava bater certo. O primeiro soqueou na traqueia. Um direto no queixo do segundo e o chute com a ponta do pé na região baixa paralisou o terceiro. Estatelados no chão, custaram a criar forças para se levantarem e saírem por onde entraram. John pegou as armas e as munições. Examinou-as e percebeu que se tratava de pistolas de tecnologia avançada. "Como chegou às mãos desses três?", indagou.

Dona Maria ficara na porta rezando com um terço na mão. Quando se certificou de que tudo estava bem, o chamou para tomar café com fatias de pães quentinhos cortados sobre a mesa.

— Acredita tanto em mim que deixa organizado o café.

Rindo o abraçou e agradeceu:

— Obrigado, meu filho.

John toma o café feito na hora e admite: "Mais gostoso do que o que tinha na caneca", e por alguns minutos desfrutou a companhia. Dona Maria disse da beleza da sobrinha Anne, que estava por visitá-la. "Quero apresentá-la."

Diziam que John a protegia por causa da sobrinha. Mas era, em parte, brincadeira dos moradores, pois só ouvia os comentários da beleza dela. Ainda não a conhecia. Naquele momento estava ansioso: "Preciso mostrar as armas para o pai e o tio Pedro". Retorna a casa e dirige-se até onde estão os dois.

— Quero que examine as armas e diga qual é a procedência...

Tio Pedro pega as armas nas mãos e verifica a armação, ferrolho, cano e a caixa de mecanismo para obter as informações que permitem identificar a marca do fabricante, logomarca, número de série, calibre nominal, modelo e arsenais de prova onde foram testadas. Precisa de alguns segundos com as peças nas mãos, as traz próximo aos olhos e diz:

— Armas recém-chegadas ao exército.

— Como vieram parar aqui? Será que o general sabe disso? — questiona John.

Tio Pedro o repreende:

— Não só deve saber como certamente ele que distribuiu. O general é meu amigo, mas se quer fazer negócio de armas do exército com ele não precisa perder tempo.

Surpreso, John pergunta:

— Como assim o general distribuiu?

— As armas do exército que estão nas mãos dos bandidos não saem voando. Precisa de alguém que as distribua. Normalmente o general usa um soldadinho metido a malandro conhecedor do ambiente da bandidagem, muitos vizinham com ele, para fazer um *link* e facilitar o escoamento das armas. A partir daí começa a distribuição.

Olha mais um pouco as armas, e prossegue:

— Os bandidos adquirem e repassam com valor maior às organizações criminosas, obtendo cem por cento de lucro. E vira uma bola de neve; haja armas para manter o tráfico em movimento. E os bandidos sabem que "o general é gente boa" e possui armas de alta tecnologia, dos últimos lançamentos. Como consegue trazer para si sem ser descoberto dentro do exército? Não saberia informar – comentou Tio Pedro.

# PARTE VII

# Malik

# 12

Ao cair da tarde, vizinho ao general, ao delegado e ao juiz, o senhor Agenor, com os seus 60 anos, encontra-se próximo à porta dos fundos do galpão de produção. Estava em desvantagem. Eram cinco, e jovens. Queriam as joias, como eram conhecidas as cerâmicas. Ele mantinha-se incrédulo às cinco facas. Trêmulo, sentia a iminência do pior.

Por trás do tronco espesso da sibipiruna, a cinco metros do lado esquerdo de onde Agenor estava, surge o som de uma risada. Um jovem com a cabeça inclinada para o ombro esquerdo, os ombros altos e firmes e o peito estufado, escora o pé direito na raiz saliente da sibipiruna, mantém a perna esquerda esticada e firme para trás.

Identificado desde a risada, Agenor respira de alívio e torce levemente o olhar para o lado. O conhecia desde que estava na barriga da mãe. Era o protetor junto com John, desde que os filhos o abandonaram para morar em outra cidade.

Passava as duas pistolas com malabarismo e desenvoltura de um dedo para outro, uma em cada mão.

— Seu Agenor, diz pra mim, o que faço com as duas pistolas carregadas? — indagara Malik, seguido da risadinha.

Sem tempo para resposta, irmão. Atira duas vezes para o chão, gira rápido as pistolas e dá mais dois tiros em direção ao céu. Repetiu os movimentos três vezes. Foram doze tiros e seis giros com cada pistola. Colocou as pistolas no coldre e finalizou com a risadinha. Com os olhos acompanhara a descida desesperada dos cinco bandidos; ergueu a cabeça, brecou a risada e apontou com o dedo indicador para o senhor Agenor olhar.

John descia o marmelo pelos ombros, cabeça e braços. As varadas deixaram marcas no corpo inteiro. Mal dera a última varada e correu em direção à cerâmica. Olharam-se e riram. Trabalho feito, chegou a hora da recompensa. Sabiam que senhor Agenor mantinha uma costela de reserva. Olharam em volta. Lenha em achas amontoadas encostadas no galpão. Em pouco tempo os espetos com a costela no fogo em brasa soltavam o cheirinho do churrasco temperado com o alecrim. Agenor comenta: "Melhor tempero só a fome".

Enquanto isso Malik foi ao arvoredo dos fundos do pátio e apanhou três limões-taiti para pôr no preparado.

Ao retornar, Agenor o chama:

— E a Tainá? Vá lá buscar ela.

— E vê se não apanha dessa vez — complementou Jonh. Riram os três.

— Tu vês, Malik bate em todo mundo e apanha da baixinha — comentara Agenor. Mais risos.

Na verdade, Malik não se criava muito com Tainá. Porém, o boato corrente era o temor dos moradores às pragas da mãe Camilla e aos feitiços da avó Samantha. Os moradores atendiam à ameaça de dobrar os joelhos ao chão.

Durante o churrasco, Agenor comentou:

— Agora, depois da surra de vocês, não voltam mais!

Agenor conhecia os amigos desde que estavam nas barrigas das mães. Aproveita para agradecer a proteção e relembra a história do abandono dos filhos. E ressalta que se não fosse por John e Malik, a vida nem teria sentido, pois teria uma vida solitária.

# PARTE VII

# As bruxas

# 13

Ainda revive nas conversas do bolicho e da barbearia a história do delegado Ben Correa, que durante anos atuara na província de Odessa e se negava a prender o americano traficante de animais que levou a SIA, a gata preta da Camilla. Esta se ajoelhara ao chão e o praguejou: "Ainda hoje será fuzilado com três tiros, apenas três tiros". O delegado sacudiu a cabeça e desferiu um risinho debochado. À tardinha, após o expediente, a caminho de casa foi atacado e atingido por tiros. O atirador ainda comenta sem entender a única vez de a arma emperrar após o terceiro tiro, quando daria o derradeiro.

Comprovara-se o poder das pragas para o delegado, bastava escrever um bilhete que corria em atender, e ainda a visitava em finais de semana para ver se precisava de ajuda. A cada gesto idêntico à dobrada de joelhos de Camila, levava a mão ao lenço para limpar o suor frio ao relembrar a cena das pragas mortíferas.

Entretanto, outros mais temiam Camila e Samantha. O padre sentia-se melindroso ante a presença das bruxas; e Simone corria ao encontro quando as enxergava, e enviava-lhes agrados com frequência para demonstrar a amizade. Para os moradores, Camilla e Samantha eram bruxas poderosas: liam a mente, forçavam eventos, e faziam o mal contra quem não gostassem. Afora as histórias dos voos em vassouras, deixando jatos de fumaça no céu.

Tainá, ao ouvir comentários de duas senhoras sobre Samantha, reagiu verbalmente:

— Tainá, por que a briga? — quis saber Camilla.

— A Alara e a Daphne chamaram a avó de bruxa. E prometi que não deixaria passar.

Precisou ir à casa da avó e levar o nome e endereço delas anotados no caderno. Queria convidar quatro amigas para não ir sozinha. No caminho foi explicando o incidente. As amigas tentaram tranquilizá-la.

— Tainá, te acalma, quem é que vai acreditar que tua avó sai voando pelo céu. Garanto que ela é bem maneira.

Para chegar à casa de Samantha, um dos caminhos precisava percorrer a extensão da Rua e pegar à esquerda da estrada. Fazer a volta por trás da igreja e seguir até encontrar entre os arbustos verde-escuros o túnel a 300 m dentro da floresta. A mesma estrada, antes de chegar à igreja, se for pelo caminho à direita acessa a morada do Armindo, o casarão da colina.

Assim que alcançaram o túnel, pareceram entrar num portal que as levara a outra dimensão. As árvores altas desnudas mostravam a cor escura de um preto-piche, e as folhas rolavam ao sopro do vento frio, que assobiara aos ouvidos, até se acomodarem amontoadas na extensão do túnel. "Quero ir de viagem pelo túnel, pois precisa só meia hora para chegar à vó."

Mas quem preferisse a ecocaminhada pela parte externa precisaria de duas horas. As amigas, ao avistarem a casa no meio da mata densa coberta de arbustos verde-escuros, entrelaçada por cipós, indagam a Tainá:

— Ui, que casa sinistra é aquela, Tainá?

— É a casa da vó Samantha.

Ao se aproximarem, observam a mata escura, circundada de folhagem cor verde-musgo amarrada por cipós cor de fumo. O telhado era coberto por vegetação semelhante a roseira negra, mas sem espinhos e sem rosas. E a chaminé enorme expulsava doses alternadas de fumaça densa balançando no ar, semelhante às mensagens indígenas do velho oeste. Aproximaram-se e bateram. A porta se abre e aparece Samantha. As amigas começam a gritar e ao mesmo tempo retornam correndo.

Tainá exclama alto:

— Vó, o que é isso?

Samantha usava a maquiagem semelhante à cor da polpa do abacate trincada, o chapéu marrom na forma de cone cuja base circular afinava uniformemente seu diâmetro com a ponta dobrada para baixo. O casaco era preto e antigo com a gola enorme levantada e o sapato comprido e estreito de bico fino. O entorno dos olhos como se fossem pintados com carvão.

Tainá, depois de relatar o motivo que a trouxera, entrega o papel com o endereço e os nomes das duas senhoras. Manteve a conversa durante a tarde sentada na cadeira de palha da avó. Depois retornou à caminhada, sozinha e triste. Ao chegar à Rua, foi se queixar para Malik e depois para John, que a aconselhou a não valorizar tanto e disse que nada de anormal havia com Samantha, mas Tainá deveria escolher melhor as amigas para visitá-la.

# 14

John estava na frente da casa quando ouviu uma voz dizer seu nome como se estivesse a chamá-lo. Deu rumo ao olhar para onde vinha o chamado, e avistou Dona Maria a lhe abanar e fazer gestos. Dessa vez irradiava contentamento e gesticulava com a mão direita para que fosse até ela. Pegou a moto e sai devagar até a frente da casa. Dona Maria diz a John: "Olha o que tenho aqui em casa para te apresentar de vez".

Aparece na porta uma morena clara, magra, com 1,70 m. Os olhos castanhos, rosto angelical e sorrindo.

— Oi, tudo bem? — Eles apertaram as mãos.

John fixa o olhar em Anne.

Maria percebeu que Anne se interessara e convida-os para entrar. Feliz, deixa os dois no sofá da sala e vai à cozinha passar o café.

John olhou direto nos olhos de Anne e reclamou da tia:

— Sua tia está mentindo.

— Tia... o que você mentiu?

— Sobre você.

Anne abriu sorriso.

— Então minha tia te contou sobre mim?

— Sim, e ela só disse coisas ruins. Estou feliz de ter conhecido você para ver que não era verdade. — Risos.

— Eu também ouvia histórias. E acho que ela exagera. Não pode ser tudo verdade. Por isso vim conferir.

— Posso saber o que dizia?

— Claro que não. Tenho que considerar as ajudas que prestava. Só isso já o deixava em vantagem quando ela passava a dizer sobre as demais qualidades. Acho que queria me deixar ofuscada para depois informar sobre você. Mas prefiro eu mesma conferir aos poucos. Alguma coisa pode ser que dizia a verdade. É exatamente o que dizia.

Maria os convida para passar à mesa sortida com broas de milho. Sentado à mesa, John provoca Maria para descer com a Anne até sua casa, pois queria apresentá-la à mãe. Anne questiona se não queria apresentar aos demais familiares.

— Meu pai e tio Pedro estão lá também, mas prefiro não apresentá-la a eles. — Risos.

— Mas o que é isso, John, não querer apresentar Anne ao Adotter e ao Pedro...

— Deixa pra lá os dois. Minha intuição me diz que devo apresentar à mãe. E ela vai adorar conhecê-la.

— Vamos lá depois, sim. Mas desconfio que puxe mais para o lado dela. Diga o que pensava quando a tia dizia que eu viria visitá-la. Ficava na expectativa?

— Não, não crio expectativas. Mas confiava no que ouvia da Dona Maria. Sabia que viria visitá-la e ela apresentaria você...

— Obrigado por proteger a tia Maria. O tio Fausto foi assassinado e isso a deixou desamparada. Anne admirava-se ao ouvir que John era o protetor da Rua.

Após conversar à mesa do café, John pegou a moto e desceram. Chegaram à vindima e, "graças a Deus, o tio Pedro e o pai encontram-se atarefados no galpão". Dessa forma, poderiam conversar tranquilos com a mãe. Enquanto isso aproveitou para ficar no sofá da sala, talvez nem se lembrasse da última vez que ali sentara. Porém, por pouco tempo. Diva chamara Anne para o espaço da cozinha. Soltaram-se quando ficaram próximas as labaredas das achas da acácia-negra que virariam brasa durante a conversa. Anne sintonizou-se ao ambiente preferido dos Adotter.

John, satisfeito pelo tempo que ficaram sem interferência, a convida para sentar à mesa em volta da sibipiruna. No caminho Anne avista um senhor segurando o garrafão de vinho.

— Quem é aquele empinando o garrafão? — pergunta com um sorriso no rosto. — Adorei ele.

Tio Pedro parece captar os elogios e volta o olhar para onde estão. E, é claro, rindo e com o ar de felicidade.

— Quem é a princesa, John?

— É a Anne, a sobrinha da Dona Maria.

— Agora entendo por que sai correndo quando ela o chama. — Risos.

— Tá vendo por que não queria apresentar pra ele?

— Que isso. Teu pai é igual?

— O pai é um rabugento. — Os três caem às gargalhadas.

— Ah, não vou acreditar. Tomara que você seja parecido com ele...

— Você vai mostrar o galpão pra ela? — pergunta tio Pedro cheio de malícia no olhar.

John se prepara para responder, mas Diva chega com uma cesta de salgadinhos e a térmica com o chá da região.

— Cuidado com esses chás. Podem trocar ou misturar as ervas e dar morte — insinuou Pedro, rindo.

— Pedro, não incomoda. Quer assustar a Anne. Ele é assim mesmo. Nunca diz algo que seja pra levar a sério. E o Adotter não larga o serviço. Tá sempre procurando algo para fazer. Vou lá chamá-lo.

# 15

A reunião de Lucy Trevo com as amigas iniciou-se às 8h30 e a conversa deve durar toda a manhã. Além disso, haverá tempo para lembrarem a lista de compras? Seu José Trevo fica sozinho no Bolicho a partir das 12h e recebe clientes espaçadamente até as 17h, quando aglomera a clientela. A chegada dos ouvintes do programa de esportes transforma o ambiente como se o bolicho fosse metamorfoseado em estádio de futebol.

Lucy, morena da cor de jambo, com olhos e lábios da cor do mel, do alto dos seus 1,68 m, parecia ainda mais jovem que os 20 anos. Era das mais críticas à situação dos miseráveis e a apropriação dos direitos pelas classes que fazem *lobby* no centro político da província de Odessa. Queixava-se dos maus exemplos que via de cima. Ela também se preocupava com os maus pagadores. Certa vez apresentou a conta ao devedor que havia mais de ano não aparecia. Surpreso pela lembrança, felicitou-a pela memória.

— Até a conta caducou, mas a sua memória continua aí forte que nem um cerne.

Enquanto se servia por conta própria nas prateleiras, indagava qual era o segredo.

— É a alimentação, não é? Tá vendo, isso que compro faz mal à saúde, mas eu não aprendo. Em vez de me cuidar, só compro porcarias. Acho que nunca terei sua memória. E ainda tenho que aturar a cobrança.

Mas tinha ainda pior, quem era impossível cobrar, embora frequente no armazém. Neko tinha quase dois metros de altura e a musculatura de fisiculturista. Havia discussões diárias porque faltava coragem ao Sr. José para cobrá-lo. E o salafrário era cara de pau. Escolhia os melhores produtos, passava pelo caixa e saía porta afora a caminho de casa com as sacolas. Sr. José anotava bem depois, pela falta dos produtos nas prateleiras.

Lucy sabia que não podia contar com o esposo. Esperou o fim do expediente, à tardinha, descera a Rua no passo só. Em 40min23s chegou à casa de John. Lá estava ele no fundo do pátio, próximo à sibipiruna, recém-chegado da cerâmica. Carregava caixas de vinho para o interior do galpão e depois colocava as garrafas na adega. Conversara com a Sra. Diva e pedira para chamá-lo. John se aproxima de onde Lucy se encontrava, a pega pela mão e seguem para o galpão.

Adotter comenta com o olhar característico sobre a demora. Diva começa a rir e corre em direção a casa com o miau atrás.

— Essa mulher é louca — resmunga Adotter sem deixar de achar graça da reação.

Na saída Lucy ainda conversou por um bom tempo com a Sra. Diva, ambas sorrindo uma para a outra. Lucy retornou pela Rua e entrou direto à porta dos fundos do bolicho sem se importar com o Sr. José ou com quem mais estivesse.

Sentados embaixo da sibipiruna, Tio Pedro gesticula para Adotter, que esboça um riso daqueles que espicha os lábios, mas não mostra os dentes.

— Ei, John, não tem medo de a Diva comentar para Anne a história da cama que mantém no galpão?

— É mais fácil vocês entregarem.

Adotter e tio Pedro caem na risada, mas John permanece sério.

— Esse não tem jeito de mudar. Sempre fica do lado da Diva — provocou tio Pedro.

— E quando ele sair de casa de vez, formar uma família, você parou para pensar?

— Nunca parei, mas sei que vai ocorrer em algum momento. — Já levantado da cadeira, Adotter complementa: — Tenho consciência de que a idade vem chegando e não será fácil tocar a vindima sozinho.

— Mas te digo que não sairá.

— A vindima faz parte da vida dele desde sempre. Talvez isso o prenda e toque em frente a empresa, seguindo a tradição familiar. — Adotter quis colocar seu ponto de vista sobre por que John permaneceria.

— Por isso também. Mas o que mais prenderá ele é a Rua — concluiu Pedro.

Adotter vira e olha sério para Pedro, para em seguida sacudir a cabeça.

John entrou em casa, onde permaneceu menos que dez minutos, e ao sair disse aos pais: "Já retorno". Foi para a Rua e caminhou até a casa n.º 19, de madeira pintada de branco recentemente. Conversa com Oto, cuja aparência é de quem já chegou aos 70 anos devido à atividade exposta ao tempo. Apertou-lhe as mãos, bateu no ombro e o abraçou. Comentou sobre o pedido de Lucy. Oto disse para não se meterem.

— Por que ela mesma não procura os meios legais?

Mas John deu de ombros. Seguiu para os fundos, passando as árvores nativas até chegar às frutíferas. Encontrou Malik embaixo do pé de laranjeira. Uma pistola aparecia na cintura, mas sabia que carregava duas. Riram como riem os amigos. As duas famílias eram velhas conhecidas desde as primeiras casas.

Após escutar John, Malik mudou o semblante. Como se ensaiassem, pularam ao mesmo tempo a cerca e caminharam decididos. Em instantes estavam na casa de Neko. Costumava surrar os bêbados e atacava pessoas para saquear. Mas sempre se dera mal com John e Malik. Tentava enfrentá-los de diversas formas e em variadas situações, mas o final era o mesmo. Dessa vez não foi diferente, já caiu no chão com o primeiro *jab* no queixo desferido por John. O segundo destruiu a mandíbula e deixou os dentes quebrados. Não precisou nem fazer os cálculos para perceber o prejuízo.

— Deveria ter pensado melhor antes de lograr pessoas trabalhadoras — advertiu John.

Enquanto isso Malik encontrara um pacote com dinheiro no quarto pequeno da casa. Tinha tantas notas que surpreendeu os amigos. Pegaram um pouco a mais pelos juros. Havia ainda botijões, liquinhos, e no canto a lona antiga cobria várias caixas com identificação do exército. Mas no momento tinham o necessário e pouco se importaram. Pensaram: "Neko se esqueceu de devolvê-las do tempo que prestou serviço ao exército".

Antes de saírem, John determina:

— Procure outro lugar para comprar sem pagar. Não aparece mais no bolicho.

Ao regressarem, Malik capta o pensamento do amigo. "De onde Neko tirou tanto dinheiro. Por que não pagava se tinha mais do que o necessário para cobrir dez contas do bolicho? E o que tem naquelas caixas com emblema do exército?"

Em instantes chegaram ao bolicho, e Lucy de mãos dadas com John não perdeu a oportunidade para demonstrar a segurança que sentia.

— Aqui está a prova de que devem pagar as contas. Pode passar o tempo que passar, mas pagarão. Disso tenho a certeza. Na verdade, eles cobraram além do débito. Fizeram o Neko pagar a multa e, assim, ajudaram a manter o armazém.

Lucy fora convincente e a presença dos dois amigos ao seu lado fez o efeito desejado, pois mal terminou o alerta e os devedores deram início à retirada das carteiras do bolso. Ainda ofereceram drinques à dupla, o que comprova que havia as condições financeiras e estavam escorados no jeito sereno do seu José.

John e Malik foram os últimos a sair e Lucy, que ainda segurava a mão de John, deu-lhes duas garrafas que o bolicho mantinha escondidas embaixo do balcão. E disse para John que iria dar um jeito para tomar junto com ele.

# 16

Decorridos três dias, às 19h30, John acomodou-se no ponto mais alto da Sibipiruna. "Quero observar uma por uma das casas." Abriu um pequeno espaço entre as folhas. A visão com o binóculo se estendia ao fundo da igreja. "Preciso verificar se a corja está se apropriando dos imóveis, como informou Pedrinho."

A construção de mansões e sobrados preenchera os terrenos baldios e significara a derrubada de parte das sibipirunas. Eleva o binóculo à estrada da colina e se desequilibra no galho e quase cai da árvore após sofrer um ataque de riso que deixou o corpo frouxo. Avistou Malik entrando pela Rua, na companhia do cacique Dany — chefe nativo dos Yanomamis —, rindo, exibia o cocar na cabeça, adornada por folhas verdes da floresta e pétalas das cores vermelho-rubi e amarelo-queimado. E o rosto com traços de tinta vermelha. Ele usava o cocar como adorno. Mas na cultura indígena significava a centralidade dos pensamentos, o homem precisa ser flexível e aberto para a busca de conhecimento. Enfim, "tudo a ver com Malik", zoou John, perplexo por o amigo conviver com índios, bruxas, curandeiros e ao mesmo tempo com figuras distintas como Wallett, padre, general, delegado, banqueiro, juiz, Simone. Certa vez, John, camuflado entre os galhos e as folhas da sibipiruna, foi surpreendido com a risadinha em outro galho.

"Ei, John, não te matei porque não quis."

Disse ter ficado horas ali. Intrigado, John indagou como soube que estava na sibipiruna. Malik apenas deu uma risada e moveu a cabeça ao ombro esquerdo. Parecia que tinha a capacidade de "adivinhar" o que John pensava e antecipar o que queria ou não fazer. Será que amigos podem ter a habilidade de ler o que se passa na nossa mente?

John observa com o binóculo eles passando à frente da casa n.º 19. Apressa-se para descer antes de chegarem e os espera sentado ao redor da sibipiruna.

Malik apresenta-o ao chefe nativo:

— Meu amigo John, esse é meu bruxo Dany, chefe dos Yanomamis. John puxa a cadeira e oferece para sentar.

Nesse momento surge Pedrinho voando na bicicleta. Faz um rodopio e trava próximo à mesa. Deixa marcas dos pneus no terreno, o que faz o chefe levantar da cadeira assustado. Tudo filmado pela câmera do celular preso ao guidão da bicicleta.

O chefe, refeito do susto, começa a rir. John quis saber se gostara da manobra do Pedrinho.

— Não é isso, estou rindo do cabelo. Quem fez isso no cabelo dele?

Os quatro caíram às gargalhadas.

— Há muito tempo ouço Malik comentar, e agora tenho o prazer de conhecer John, o guerreiro, igual um bravo Yanomami.

John agradece e passa a ouvir o breve relato da história dos índios:

— Os portugueses estavam perdidos, foram achados e salvos pelos índios, e ainda temos que aguentar a história contar que nos descobriram. Invadiram e se apossaram das terras e roubaram as riquezas. Cometeram o maior dos genocídios contra nosso povo. A situação em nada mudara desde 1500. Até hoje seu povo continua sendo explorado por madeireiros, garimpeiros, militares, grileiros, e não sabe com quem pode contar.

Reclama do general Heitor:

— Ordenou a seus soldados que invadissem as aldeias e tomassem o nosso ouro. E ainda trazem os militares americanos para a floresta sob o pretexto de treinamento tático de guerra. Os americanos vieram para roubar nossas riquezas e comprar as drogas para enviar ao seu país, onde se encontra a maior concentração de viciados do mundo.

Chora ao salientar a morte de crianças pelos militares e garimpeiros que descem os rios atirando contra os índios nas aldeias para roubar o ouro. As águas dos rios contaminadas por mercúrio usado no garimpo ilegal causam a morte dos peixes e a consequência é a desnutrição infantil. Falta acesso à saúde, inexistem postos de atendimento para cuidar do seu povo, das suas crianças desnutridas e doentes. Suas terras enfrentam as queimadas de latifundiários grileiros, madeireiros, e quem deveria pro-

## A RUA DAS SIBIPIRUNAS

tegê-los serve aos exploradores. Reclamam aos setores responsáveis, mas entra governo e sai governo e nada é feito para proteger os territórios e a população indígena.

— Ninguém fará por nós senão nós mesmos.

John ouvira até o final, com atenção, o lamento do cacique Yanomami. O chefe agradece a atenção e demonstra que precisa dele e pede que conheça a aldeia e o ajude a combater os inimigos.

Pedrinho permanecera atento aos reclamos do chefe, filmara e gravara a conversa com a câmera do seu celular. Durante a noite divulgara nas redes sociais o vídeo e as fotos de John, Malik e o cacique Dany, sentados embaixo da sibipiruna, e o lamento Yanomami. E afirmara: "Agora as coisas devem mudar, porque John e Malik vigiarão as aldeias". Milhões curtem, comentam e compartilham. Os comentários querem John e Malik agindo e protestos contra o garimpo ilegal e os grileiros, e qualificam os generais de "entreguistas e o câncer da província".

# PARTE IX

# O desaparecimento das crianças

# 17

O sobrado do n.º 976 da cor branca salientada pelo verde das portas e janelas apresenta o muro alto em seu entorno e a cerca elétrica com três camadas de fios e placa de alerta. Aparência de quem teme e necessita de segurança. O portão é aberto e surge a Mercedes com uma loira de olhos azuis na direção. Simone, com a fama de carola da igreja e referência às religiosas, usava um vestido de couro vermelho curto e justo, e um chapéu preto com renda que cai sobre o rosto. Ela era independente e saía e retornava à hora que queria.

A igreja fica a 24 m da casa de Simone. Era vista no trajeto fora do horário das missas. Escolhia momentos em que não havia os sentados e ficava na sala do padre por horas. Ela aproveitara a visita do primogênito para passear com as duas netas. Resolvera dar retorno pelo quarteirão da igreja e entrara pelos fundos. Somente pessoas autorizadas acessam o caminho.

Justificou ter deixado as crianças no carro. E ao sentir a falta delas, procurou-as, mas nunca mais as viu. Nem a polícia. Os esforços para encontrá-las seguiram a possibilidade de sequestro. A investigação policial considerou somente a linha levantada por Simone. Sequestro… sequestro era o que repetia até ficar nas mentes dos moradores. Os investigadores eram policiais veteranos na guarnição. Dizem que foram escolhidos pelo avô das crianças, em um dos churrascos com a presença do delegado e o chefe da polícia. Percorridos seis meses, o relatório da polícia apontou a ausência de prova para elucidar o sumiço das crianças. Foi levado ao conhecimento da família, que aceitou as considerações. O juiz Marin ainda agradecera e ressaltara o esforço policial, nas manifestações na mídia.

Flávia tinha três anos e Isabel quatro. Brincavam juntas no corredor da casa. Eram filhas do Davis, o primogênito. Embora o ocorrido, Simone vivia sem se importar com o que poderiam dizer a respeito da relação com o padre. Continuara encontrando-o em público normalmente. Nem por um momento percebeu-se um lustro de saudade das netas. A vida de luxúria que usufruía deve ter substituído a presença das crianças.

Cuidar de si era só o que importava. Transparecia fazer qualquer coisa para elevar o nível de vida. A garagem de casa abria e saía com a Mercedes a qualquer hora do dia e da noite. Nas festas na casa do general e do bicheiro chegava sozinha, com vestido curtinho e blusa com o decote generoso. Conversava animadamente e aproveitava até o final da festa.

Entrou no carro que a aguardava na frente da casa. O motorista não se consegue ver pela película externa escura, mas agora ninguém precisa mais identificar. Eram poucas as carolas que ainda se arriscavam a dizer: "Bento a buscava para acompanhar e coordenar os projetos e o mais era conversa dos moradores". A inércia de Marin em relação ao sumiço das netas e ao possível romance com o padre fez acreditar que o preço do silêncio fora alto. A presença constante em companhia dos membros da igreja cria boatos de que lucravam com os projetos e as procissões.

# 18

No sétimo mês, após o desaparecimento das crianças. No quarto de John, em cima do armário pequeno, o despertador tocaria às 5 horas da segunda-feira. Mas às 4h29, com o céu ainda escuro, ele já vestira a camisa de manga longa e o abrigo cinza, a touca e luvas de tricô pretas, e apertara o último nó do cadarço do tênis cinza com listras vermelhas.

Abrira a janela do corredor, onde, em dia claro, se visualiza a frente e o fundo do terreno. Na abertura dos fundos a escuridão impedia de enxergar o galpão, a sibipiruna e o Monumento Maia. Os móveis do quarto eram todos em madeira; os mesmos há mais de quinze anos. Na parede havia um quadro pequeno com a foto antiga do galpão. A mesinha com a cadeira pequena e a almofada do assento, abaixo da janela dos fundos. Posicionara a mesa ali para, quando estivesse sentado, ver o galpão, a sibipiruna e o Monumento Maia.

Após desligar o despertador, abre a porta que separa o quarto da cozinha. Coloca duas achas de lenha no fogão e inicia o fogo. Ainda reservara mais oito no forno para aquecer. Quando o pai levantar, encontrará a cozinha aquecida e as achas no ponto para queimar. Faz um lanche com a batata-doce tirada da geladeira, corta uma fatia de pão integral e acrescenta duas colheres de aveia ao meio copo de leite.

Aproveita a proximidade e sai pela porta dos fundos da casa. Dá a volta pela esquerda e caminha pelo corredor até chegar ao portão da frente. Observa as portas e as janelas das casas fechadas. Seria um dia sem neve. Era o que indicavam as nuvens e o vento naquele momento. Inicia, lentamente, a correr os 700 m da parte baixa. Cruzou em frente às casas de Elaine, Raimundo, Socorro, João, Pedro, José, a de Malik, Dona

Neuza, Maria, Carmem, Elaustério, Serginho, Cebolinha, Bernardo. Acelerou no início dos 250 m de região plana, próximo à barbearia no n.º 721, onde seu Marçal corta o cabelo e faz a barba há vinte anos. O costume dos clientes determina o horário. Abre às 8h30 e fecha às 19h. Do lado, o vizinho Az de Wallett, o mais informado sobre a vida dos moradores, e ainda residia entre a barbearia e o bolicho, já estava atento à corrida de John, desde a saída do portão de casa.

Seguira correndo, encontrara o bolicho da esquina, n.º 743, ainda fechado, mas Lucy o acompanhava pela janela. Localizado no encontro com o acesso à colina escura onde fica a casa do Armindo. Os clientes chegavam pelas 8 horas. Ouvira a voz de Lucy ditar as regras para o seu José organizar as prateleiras como entendia melhor.

Aumentou o ritmo em frente à casa de Sofia e do Agenor, para enfrentar os 50 m da parte alta. Mas antes atravessou a Rua, queria passar em frente à casa n.º 950, então avistou o general em conferência com dois homens. Precisava se aproximar para ouvir o que para ele era algo estranho. Começara nas últimas corridas. Estava sendo vigiado pela frente, pelas costas, e pelos lados.

A região era calçada com acabamento no meio-fio, as mansões de alvenaria com o design assinado por arquitetos renomados, piscinas, área de lazer, quadra de tênis, sauna, campo de futebol 7. Repara o n.º 976, casa do juiz Marin, de um quarteirão inteiro, aberta. Dizem que é econômico e construíra um prédio de dez andares no Parque das Sibipirunas somente com o auxílio-moradia que se transformara em auxílio-moradas. Nenhum morador da região baixa conseguira comprovar a necessidade do auxílio-moradia, mas Marin fora convincente. Na ativa gostava de viajar e confiava aos estagiários sem a OAB fazer as sentenças. Marin trabalhara para defender os interesses das multinacionais do petróleo para retirar a candidatura que se opunha à tomada da riqueza pelos americanos. Fora filmado no porta-aviões dos Estados Unidos atracado no litoral da província sinalizando com o dedo polegar.

John corre por alguns metros e sobe as escadas. Era o local mais alto da Rua, n.º 1.000. Foi o mais próximo que esteve de uma igreja. Gira o corpo em direção à vindima. Já aparecem as folhas verdes da sibipiruna, e o Monumento Maia, destacando-se acima da copa da árvore.

A corrida já não é mais tranquila. John está sendo vigiado a partir da região alta, em frente às casas de Ravi, Alister, Marin e Heitor. A oposição à sua passagem está evidente nos gestos e olhares. Antes das escadas da igreja havia vários seguranças, com rostos bem conhecidos. Era Neko e a turma de brigões. Mas John passou sem se importunar. Corre parado. Respira fundo e vira-se em direção à floresta. Fixa o olhar na parte densa e baixa, nos arbustos de folhas verde-escuras, aparência de túnel que se estende à casa de Samantha. Pensara no convite de Malik e em visitar a avó de Tainá. Mas por hoje era só.

No retorno encontrara Simone na janela da sacada. A barbearia e o bolicho mantiveram-se fechados. Malik estava com o Plik na frente da casa n.º 19, com a cabeça um pouco inclinada ao ombro esquerdo. Vestia calça jeans desbotada e por cima do blusão de tricô feito pela Dona Milla o casaco preto e o chapéu de *cowboy* na cabeça. John acena e Plik ao vê-lo late e corre ao seu lado por alguns metros.

— Esperarei aqui para irmos juntos à cerâmica — disse Malik.

John avista Adotter abrindo a porta do galpão, no instante em que chega para finalizar a corrida. Levanta o braço em resposta ao aceno. Cumprimentara a mãe na cozinha antes de ir para o banho. No quarto escolhe a calça jeans surrada e o blusão de lã, põe por cima o casaco azul-marinho e calça o sapato marrom velho. Antes de ir para a cerâmica, sentou-se à mesa e tomou o café preto puro servido na caneca, comeu a pequena batata-doce e duas bananas, colocou o queijo branco no meio do pão integral caseiro, três ovos cozidos e uma colher de melado batido com indicação geográfica na embalagem, subida da coxilha, com a foto da casa em madeira rústica e o quadro de imbuia envernizado no portão frontal informando "Família Callegaro".

Malik ainda está na frente da casa estreita, com três quartos, sala, um varandão antes da cozinha, e um único banheiro. As paredes internas sem pintura davam a sensação de serem maiores. Na frente havia duas janelas embaixo e mais a do sótão, pintadas em azul. Era costume o convite para passar pelo oitão e ir direto ao fundo da casa, onde havia uma grande porta. O telhado em forma da letra V invertida, com abas dos dois lados, coberto por telhas do estilo francês que davam aparência das casas antigas. Pertencera ao bisavô de Malik. A sala pequena mal dava para a mesinha e as quatro cadeiras de palha. A cozinha era o cômodo maior, em um plano baixo em relação aos outros, pois era de terra batida. Era a parte da casa mais aos fundos com um enorme fogão de barro alimentado de lascas de lenha seca para manter o fogo. A porta dos fundos por onde recebia os amigos tinha 2,20 m de largura por 2,70 m de altura.

Seu Oto gostava de uma conversa. "Aqui todos são bem-vindos." E sempre comentava:

— A casa é simples, mas é da família. O fato de ser proprietário é uma vantagem: ver-se livre do Lontra.

A situação era rara na Rua. A maioria das casinhas fora construída na clandestinidade e pertencia ao bicheiro. Nenhum morador da parte baixa conseguira provar a necessidade do auxílio-moradia e, consequentemente, continuaram sem moradia ou viviam em casinhas sem as mínimas condições de habitabilidade.

— Quer uma xícara de café? — oferece Malik.

John agradece e o convida para caminharem em direção à cerâmica. Ele tinha deixado a vindima para realizar o sonho de ficar perto das artes. Sentia-se feliz pelos pais o apoiarem para descobrir algo novo e fazer o que gostava. Agenor o recepcionara e deixara o caminho livre para criar as peças. Planejou com Malik deixar o acesso livre à exposição das cerâmicas. Encontrava- se ansioso e ao mesmo tempo otimista. As peças cerâmicas à espera dos clientes eram de sua autoria. Pressentia que se um único admirador visse as artes seria o suficiente para o chamado à exposição.

A Cerâmica localizava-se no início da parte alta da Rua, e a entrada ampla facilitava o acesso e o escoamento da produção. À direita, próximo à porta de entrada, ficavam a gerência da cerâmica, o setor de faturamento e a recepção. Durante as manhãs dos sábados, os admiradores das artes tinham acesso livre ao galpão da indústria para acompanhar a produção. Era a atração a dez passos atrás da loja, assim como a matéria-prima, as jazidas de extração da argila, a sessenta passos do galpão. A concentração da loja varejista e da indústria de produção próximo à jazida facilitava o transporte e reduzia custos.

O galpão era a área de processamento, destinado para a transformação da argila, onde se encontrava disposto o maquinário que envolve o processo produtivo. Localizado logo após o prédio da loja, a área de processamento era toda coberta e possuía 500 m². No fundo do galpão, mais à esquerda, havia a área destinada à secagem das peças de cerâmica e obedecia a um processo natural por meio da circulação do vento.

A direita ainda, aos fundos, ficava a área de estocagem e expedição. Nessa área as peças são armazenadas, e parte é colocada na loja. E as peças encomendadas são carregadas nos caminhões para a distribuição no atacado. A empresa produzia vasos e outras peças e distribuía por encomenda às regiões da província de Odessa. Além disso, Agenor erguera uma tenda à beira da rodovia e deixava as cerâmicas à mostra para os viajantes.

No início, John alcançava as ferramentas para os ceramistas. A ideia era estar perto da produção. Depois mostraria seu talento. Era só sobrar um tempo, o menor que fosse, e corria a acompanhar os artistas. Pela proximidade com os artesãos, conseguira observar o processo da criação. Serviu para ficar mais ansioso, pois criaria as peças. Sua intuição acertara, e entusiasma-se com a primeira peça, habilidade demonstrada nos intervalos. Agenor, ao conferir as peças, vai à área da produção acompanhá-lo e transfere-o de setor.

John pesquisou desenhos e estudou formas modernas de design e das cores. E em pouco tempo produzia cerâmicas valiosas. Em uma das criações forjou a forma de um gato a partir do retrato do Miau, o gato da Dona Diva. Pegou as medidas e padrões e o pintou de preto. Ficou tão perfeito que o separou para a mãe. Mas assim como o deixou em cima do balcão desapareceu. Procurara por toda a cerâmica. Sem o encontrar. "Quem poderia tê-lo pegado?", pensava. Nunca conseguiu uma única pista. Durante o período na cerâmica, convivera com o sumiço das peças mais valiosas. Sempre ao término da obra de arte, conservava-a em um lugar separado dentro do galpão. Porém, como mágica, sumia do lugar onde deixara.

Agenor era amigo dos Adotter, e ao visitar a família fazia os maiores elogios ao artista disciplinado. E isso enchia de orgulho os pais, mais do que a John. Contou que pegara a xícara de café e entrara para acompanhá-lo moldando um vaso decorativo com o desenho da flor da sibipiruna em um dos lados. E depois a pintaria de amarelo-queimado e o restante de bege. Era presente a alguém especial. Risos.

Essa peça John não deixara nem por um momento no galpão. Assim que secou, deu-a de presente para Anne. Ela a mantinha no centro da mesa de seus estudos com os arranjos de galhos secos.

Durante a semana, a atividade se encerrava às 18 horas, exceção aos sábados, quando trabalhava até as 12 horas. John passava direto ao galpão das cerâmicas para chegar ao local de trabalho, mantido limpo e organizado. A exposição na rodovia colaborou para expandir o nome da empresa, pois os viajantes que paravam para ver e comprar as artes visitavam a sede e queriam conhecer o criador. Várias peças foram encomendadas com pedidos para John produzir.

# 19

omingo, às 8h41, John e Malik pegaram a canoa velha, usada desde o tempo do avô Miguel Adotter, e seguiram em direção ao rio para remar contra a correnteza. Era o exercício de teste de força para os braços. Porém, perceberam o mercúrio correndo pela água, o que provoca a morte de peixes e a consequente desnutrição infantil nas aldeias. Decidiram investigar a origem. Saíram da altura dos fundos da coxilha em direção às tribos indígenas. No caminho passaram a ser observados por militares que vendiam a proteção para guarnecer a entrada de milicianos, PCC, CV e barcos do garimpo ilegal para roubarem as riquezas dos índios.

Os militares depois inventariam desculpas à mídia dizendo que não conseguiram localizar o garimpo ilegal. John reconhece um dos soldados e encosta a canoa junto ao tronco da mãe-das-árvores na margem do rio. Chama-o para conversar. Atrás vieram outros militares que não conseguiu identificar. Giuliano era vizinho de Malik, morava em uma das casas velhas sem forro.

— O que se passa aqui?

— Estou a mando do general Heitor, que determinou invadir as terras indígenas, porque eles se fecharam para se proteger e impedir acesso às riquezas naturais. Era pra saquear o ouro encontrado. E se os índios se opusessem, era pra matar até as crianças.

John não teve chance para continuar a ouvir ou seguir as perguntas, pois o Giuliano foi puxado pelos demais e sumiram na floresta. Ao mesmo tempo o contingente de trinta militares americanos fez barreira com armas em punho para que não avançassem, forçando-os a retornar à canoa. Os soldados recebiam ordens para liberar o caminho às empresas de garimpo e às facções criminosas e levar o terror ao território indígena.

O sistema de prevenção era inexistente. O instituto que deveria protegê-lo era omisso. A Polícia Federal estava sempre ausente nas invasões às terras indígenas. E não havia força suficiente para esboçar reação e impedir as ameaças ao território e ao meio ambiente.

O que se via era um bando de retardados correndo para investigar os crimes praticados: as queimadas de centenas de hectares de mata nativa de madeiras nobres, algumas em extinção como o cedro, mogno, jatobá, cerejeira, jequitibá, palmito-juçara, ipê-felpudo; violência e mortes das crianças nas aldeias e roubos das riquezas naturais e agressões ao meio ambiente. Parecia combinado: os institutos dariam tempo suficiente aos invasores e agressores para cometerem os crimes, e somente após o dano causado demonstrariam a fúria teatral para denunciar as agressões contra o território indígena e distribuir multas pelos crimes contra o meio ambiente.

Malik caminhava com o Plik. Estava imerso nas dúvidas que o atormentavam, e nem vira John passar correndo. As preocupações preencheram os pensamentos. Após ficar parado, e elas lutar entre si em sua cabeça, a 5,23 m do consultório psicológico, pensara em entrar e consultar. Entre entrar ou não na clínica, passaram-se mais de 10 minutos. Plik, o amigo fiel, latia e corria em direção à clínica e retornava correndo em sua direção. Latia e corria novamente em direção à clínica. Como Malik permanecera parado, Plik agachou-se próximo a ele e grunhiu triste.

No caminho resolvera entrar na igreja e sentar nos últimos lugares. Baixara a cabeça e fizera o pedido seguido de orações. Desnorteado, vieram-lhe sérios devaneios. Tomaram forma e conseguiram deixá-lo completamente fora de si. Estava de pé, tirado do assento. A força em forma de bruma da cor do piche o puxara. As brumas tomaram maior poder assim que consentiu em ficar de pé e entrar no corredor. Empurrando-o para fora sem se virar, a fim de enfrentá-las. Se eram fortes, nem se sabe, mas conseguiram arrastá-lo de costas para a saída. Ainda sem reagir, desceu três degraus, e por segundos pensou em descer até o fim. Porém, quis erguer a cabeça, precisava do corpo firme. Encheu o peito de ar e elevou os ombros.

Cheio de si, encara as brumas. Mas onde elas foram? Estiveram presentes enquanto permanecera cabisbaixo, o peito sem ar e os ombros caídos. Energizado pela força interna, retornou ao interior da igreja. Encontrou viradas para si e de costas para o altar as figuras da carola, do juiz, do general, do delegado, do banqueiro, e mais acima o padre, com o Neko ao seu lado, o encarava com ar de "aqui não és bem-vindo". Mesmo assim, decidido, segue e escolhe permanecer no altar. E tal como as brumas, as figuras desaparecem. Parou minutos em silêncio. Ouviu sussurros, parecia a carola confessando para o padre. De repente sumiram; foram embora? Era o fim. Ou sentiram a presença. Foi ao escritório do padre, para incomodá-los, mas parou bem em frente à porta, e resolveu voltar e deixar de ouvir os gritinhos.

A menos de hora, John, na frente da casa, com o olhar atento à roda de aglomeração de pessoas, que batiam palmas e distribuíam risadas. De onde estava, a uns 30 m, identificou apenas quem preenchia a volta externa. Mas a alegria o contagiou e resolveu aproximar-se. Com seus 1,80 m pôde visualizar por cima da aglomeração o meio do círculo. Malik dança e faz piruetas na companhia de Tainá. Ela rodopia e levanta a saia curta. A morena pele cor de cuia tinha as curvas generosas e o rosto com equilíbrio entre as medidas. Dançavam com os braços esticados e seguravam as mãos para não escaparem nos rodopios, sorriam e olhavam fixo um para o outro como se não houvesse mais ninguém à volta. Deve ter sido a primeira adolescente que Malik avistou na vida. Eram vizinhos de casa ao lado. E depois dela ninguém sequer ousava dele se aproximar. Parecia um palhaço. Rodopiava e levava Tainá. Os presentes se divertiam com eles. Em seguida todos deixaram de apenas olhar e entraram no ritmo. A poeira subiu e espalhou-se para os lados.

Tainá nem sempre assentava o comportamento. Pedia para se adequar às ocasiões e agir de acordo com o ambiente. Mas Malik nunca respeitou as exigências e levava as broncas. Os moradores achavam a situação engraçada: batia nos grandalhões, mas afrouxava para a baixinha.

Ao avistarem John, combinam uma fogueira. Anne se aproxima e provoca:

— Se fizerem a fogueira, quero convidá-lo para pular.

John segura as mãos de Anne e a puxa para perto, abraçando-a.

— Aceito pular a fogueira quando ela estiver bem baixa — disse baixando o braço com a mão aberta para mostrar a altura.

O olhar curioso de Lucy aparece por cima dos ombros após ficar somente nas pontas dos pés, mas quando o Sr. José se aproximou, ela não saiu do lugar, apenas olhou em volta.

Enquanto comentava rapidamente a situação das brumas na igreja, Malik assentiu que começara a vencê-las quando resolvera reagir, pensar nas coisas boas, a amizade com John, o tio Pedro, Diva, Adotter. Então tinha duas famílias, a atividade na cerâmica e a morena mais linda. E completou: "Sou o sol inteiro".

# PARTE X

# Os curandeiros

# 20

Três meses mais tarde, Oto adoeceu e as coisas pioraram. Ele permanecia na cama há uma semana. Como ninguém sabia de Malik, coube à filha Cecília correr para chamar um médico. O pai faz um esforço e consegue segurá-la pelo braço, e sussurra com a voz quase sumindo:

— Médicos não, eles vão me matar. Curandeiros... traz os curandeiros...

Ela conseguiria médico apenas para a próxima semana, pois tinham agenda cheia com a alta demanda, o caso grave de Simone e o problema da unha encravada do dedão do pé direito. Ainda havia as consultas como a do juiz Marin e do general Heitor, que sentiam coceiras na cabeça. E não podiam desmarcá-las apenas porque Oto estava prestes a morrer. Mas a Cecília percebera a urgência e decidira buscar a alternativa. Procura os curandeiros, que moravam 25 km distantes um do outro. Visita primeiro Bael. A porta abre-se e leva um susto que quase ela morre em vez do pai. Encontra Malik conversando com uma senhora com a criança de colo.

— Evan, o que fazes aqui?

— Não é coisa que te interessa — respondeu, ríspido.

— Sabia que o pai está quase morrendo e tu nem em casa para ajudar?

O curandeiro, após ouvir o que se passava com Oto, prontamente aceitou o encargo, pois se achava mais bem preparado que qualquer médico, e sequer aceitava comparação.

Cecília marcara horários distintos para não se encontrarem e iniciarem discussão de receitas e possíveis brigas, agressões físicas e psicológicas, e terminar em possível tiroteio. Ambos tinham total convicção da ciência e nenhum abriria mão de escolher a solução. Bael se escalara e no mesmo dia à tardinha trouxera a receita que mais parecia um jornal e a sacola cheia de ervas.

Depois de horas bem espaçadas, para não dar a mínima chance de se encontrarem — vai que um resolve atrasar a consulta para o mesmo horário do outro —, Uphir aparece com um caderno de cem folhas com receitas e carregava nas costas um saco de ervas, que ninguém na casa ousou comparar com o anterior para não dar morte, não a de Oto, mas de um dos dois médicos, ou seriam curandeiros? Ou dois em um. Nessas horas tudo soma.

Enquanto permanecia fora do quarto, Cecília quis saber de Malik o que fazia na casa do curandeiro e quem era a senhora com a criança. Malik dera de ombros e permanecera calado.

Os curandeiros após o "tratamento" fazem o mesmo prognóstico: "O velho Oto se recuperou em menos de uma semana". E não é que acertaram. Na sexta-feira o quase morto foi trabalhar no serviço de empreitada. O ocorrido deu asas à curiosidade. Na barbearia queriam saber qual médico o tratou. Porém, ao descobrir que foram os curandeiros:

— Ainda bem, senão eram capazes de matá-lo de vez. — Os curandeiros o salvaram.

Quando Cecília apareceu no bolicho, ganhou os parabéns pela escolha dos curandeiros.

— O médico, a única coisa que faz é desrespeitar as pacientes. Tão indo presos por assédio às pacientes. Tem um que a condenação passa dos cem anos.

Bael e Uphir, famosos por salvarem Oto, são convidados com fre-quência para participar de festas. Mas somente por acaso se encontravam. Na festa organizada por Simone Marin, era local onde seria necessário manter a polidez, e cada qual dava o show e receitavam um para o outro.

Bael, cuja aparência inicial era de um astronauta com a roupa cinza brilhante, aparecia careca num segundo. E no piscar de olhos com cabelo em cachos, para finalmente curto tal qual um militar recém-for-mado. Receitou para Uphir duas colheres de sopa com as ervas Actaea pachypoda, duas colheres de Strychnos nux-vomica, e a medida de uma colher de café com Aconitum lycoctonum.

Uphir, fingindo aparentar elegância, mas por dentro louco para perfurar à bala Bael, agradeceu e não deixou por menos. Enquanto mudava a aparência, as vestimentas se intercalavam, saindo do paletó preto para roupas extravagantes similares às usadas pelos monges. E, sem sair do lugar, nem mesmo fazer um gesto. Ele retribuiu a receita para tomar num gole só. Duas colheres de sopa de Ageratina adenophora, duas colheres de chá com Taxus baccata e uma colherzinha de chá, não pode ser mais nem menos, mas a medida exata de Cicuta maculata para dar liga. Malik acompanhara imóvel com cabeça inclinada ao ombro esquerdo o receituário dos curandeiros.

As mudanças de aparência chamavam a atenção de quem passava perto, a mulher com o cachorrinho no colo se mostrava incomodada. Os olhos do cachorro dobraram de tamanho e latira tão alto que os olhares se voltaram para ele.

Obviamente, que as receitas já ditam o nível de dano que esperam um do outro. Porém, Adriana, cuja avó Maná havia avisado que a curiosidade iria matá-la, anotou a receita e amanheceu morta no sofá do apartamento.

# PARTE XI

# O Lobisomem

# 21

rmindo levaria a vida solitária, em meio aos moradores, não fosse a amizade com Jonh e Malik. As mães assustavam as crianças para não saírem e dormirem cedo, senão Armindo viria pegá-las. Condição vivenciada em boa parte por Simone trabalhar a fama de lobisomem junto aos fiéis da igreja para prejudicá-lo. Ele se arrepende de não tê-la entregado à polícia ao vê-la saindo da igreja com as crianças no carro e sumindo com elas por testemunharem o namoro com o padre Bento.

A origem do apelido foi uma brincadeira durante as conversas do bolicho da esquina quando ainda era muito jovem, por usar a barba enorme, que mais parecia uma samambaia, e que se espalhara com o tempo, tornando-se "verdade" para os moradores que chegaram mais tarde. Impulsionada pela barba que se tornara branca e pelos olhos que se esbugalharam com o passar da idade, virou crença. E para completar morava sozinho na casa pintada de verniz escuro, no alto da colina com uma mata negra atrás, onde arava e plantava.

E Simone, interessada em torná-lo desacreditado, sem a população saber o motivo, não perdera a oportunidade e soubera explorar o mito do lobisomem entre os seguidores. Daí, já viu, os fiéis creem no que ouvem na igreja...

Muitos mitos e crenças arrastam-se desde a infância. As crianças ouvem os pais e avós contarem as histórias e as aceitam passivamente. O ambiente em que cresceram forjou-as nos preconceitos. Depois continuam trazendo no inconsciente, até que poucos acessem a informação capaz de transformar a mentalidade, e o conhecimento os livra dos preconceitos, abrindo espaço na mente subconsciente para dar lugar ao conceito.

Porém, a informação que de fato libertará será a buscada ativamente. Infelizmente, a maioria permanecerá nutrida com o conhecimento passivo das informações que ouvem no rádio, passada no programa de TV, da leitura acidental de jornal, do que ouviram no bolicho e na barbearia.

Isso que passados anos nunca ninguém viu Armindo virar lobisomem. Mas a expectativa na mente da população permanecia viva. Embora a barba branca e comprida e o olhar arregalado assustassem realmente as crianças.

John corria com sua moto pela rua, e quando se dirigia ao casarão da colina — rocinha para os moradores —, dava carona a Armindo na garupa. E às vezes buscava-o para dar uma volta. E no fundo talvez também desconfiasse que a história pudesse ser verdadeira. Mas isso nunca esclarecera. O que existia de certo eram as visitas ao casarão da colina às noites de lua cheia junto com Malik e Tainá. Seriam para se certificar ou não dos boatos?

A cada vez que montava a moto e se dirigia à rocinha durante as luas cheias, gerava a expectativa de que enfrentaria o lobisomem. Talvez até alguns quisessem ver para crer, mas não tinham a coragem de John e Malik, e durante a lua cheia sequer se aproximavam do casarão. No entanto, as visitas de John e Malik pareceram ineficazes para retirar da mente dos moradores a ideia do lobisomem.

Certa noite, a lua por estar próxima à Terra parece maior; John, após esperar calmamente o fim da discussão do Malik com a Tainá, aponta para a lua e Malik capta o objetivo. Dirigem-se à colina e entram no casarão. Nem bem chegados, uivos idênticos aos dos coiotes vieram da colina. Foi uma correria às janelas. Alguns não conseguiram conter-se e saíram de casa. Outros preferiram trancar as portas.

Tudo se conectava naquele momento: a maior de todas as luas cheias, a crença arraigada e os uivos vindos da colina. Ainda surgem comentários, não se sabe de onde saiu, de que John e Malik dessa vez enfrentariam o lobisomem. Aos gritos de John e Malik, direcionaram-se olhares à casa da colina ou da rocinha, ou o casarão. Como queiram. Menos o olhar zombeteiro de Zé L., que fora despertado pela movimentação e pelos gritos. Pegara um megafone e gritara:

— Vão dormir, seus sonâmbulos.

O megafone dava potência à voz que podia ser ouvida pelos presentes e os despertava da luta imaginária de John e Malik enfrentando o lobisomem.

— Tenho uma cura para tirar das ideias tudo isso. Basta a passada de mão abençoada e energizada com poderes, dependendo se é homem ou mulher bonita, eu escolho o lugar. E depois, para completar e fazer efeito a cura, como estou na falta de um relho, dou-lhe duas varadas de marmelo daquelas de tirar o couro de vocês.

— Tirem das cabeças a ideia do lobisomem. Era só o que faltava acreditarem em lobisomem. Acreditem então nas minhas bênçãos, vindas das mãos poderosas, energizadas de paz, amor, sucesso.

Zé L. dizia com qual intenção não se sabe, mas as palavras surtiram o efeito. Nem queria despertar nada. No entanto, o pior é que, para sua surpresa, acabara despertando, ou nem tanto, pois quem acredita em lobisomem acha difícil acreditar em Zé L? Ainda mais com o nobre sobrenome e a ótima reputação... Receptador de alianças de casamento roubadas, de TVs, rádios antigos, relíquias, aparelho celular, notebook, pneus.

Foram virando aos poucos para onde estava Zé L., e em minutos dividiam-se entre quem permanecia na expectativa de ver John e Malik enfrentarem o lobisomem, e quem tomaria um passe ou uma passada de mão energizada.

Tirem as dúvidas: o Zé era L., ou era o único C.? Nesse momento ninguém mais sabia direito.

Zé L., num momento de desvario, de fraqueza, pela primeira vez na vida pensara em ser sincero. Pegar o megafone e explicar que era tudo brincadeira, mas não lhe deram a oportunidade. Formou-se uma fila organizada cada qual esperando a vez de tomar a passada de mão seguida de varadas de marmelo. Nesse instante um uivo maior que os anteriores vindo da colina corta o ar e interrompe o que seria a primeira peregrinação à casa do Zé L. E impressionado correu a fechar a janela, e entrou debaixo da mesa da varanda, permaneceu encolhido no canto, mal respirando e dali não saiu mais.

A porta abriu na casa da colina, mas ninguém saiu. Em dois segundos fecharam o casarão. Foi o suficiente para a Camilla bater a porta e a chavear por fora. Saiu com uma capa preta com capuz por cima do vestido curto da cor de palha. As mangas compridas da capa tinham na altura do cotovelo a volta fina de um centímetro — reluzente cor de prata. Junto com a gata preta SIA II, seguiu num passo certo e reto rumo à estrada da colina. Após alguns metros, os moradores só enxergavam dois vultos pretos altos que mais pareciam a extensão de duas sombras em movimentos ritmados.

— Será que as bruxas têm mais poder que o lobisomem? — pensaram e comentaram ao mesmo tempo.

No imaginário criaram várias situações de enfrentamento: o lobisomem salta em cima da bruxa com suas garras e dentões com agilidade sobre-humana, em forma metade humana e metade lobo, salta bem no alto, escala e pula do alto da sibipiruna com graça, vira-se e corre com facilidade sem cansaço. A bruxa o pragueja, o enfeitiça e lança em sua direção três doses de poções e lhe faz as piores premonições, voa com a vassoura e espalha jatos de fumaças brancas na direção do lobisomem.

A porta abre-se e Camilla entra. Em seguida por cima da escuridão da mata negra se forma a nuvem de brumas escuras se estendendo acima do casarão. Nessas horas os moradores já culpavam John e Malik pelas mortes.

Adotter ria seco e sacudia a cabeça. Pedia calma:

— John e Armindo são amigos. O velho o conhece desde que nasceu.

Passou meia hora, uma hora, duas horas. E nenhum movimento de saída ou porta aberta na casa. De repente outro uivo estridente corta o silêncio e desperta o imaginário. O uivo correu a maioria para dentro das casas. Fecharam as portas e janelas.

Dois carros da polícia entraram na rua, passam devagar, só os faróis acesos. Agora sim o circo está completo. Passam a olhar para os lados durante toda a extensão. Contornam na esquina com a estrada da colina e retornam.

— Por que não vão até lá? — alguém reclama.

— O mais exaltado sai à frente e indica o local a que devem ir.

— É lá na rocinha, aqui não adianta passar que não tem nada. Mais dois ou três se entusiasmam e gritam:

— Estão com medo do lobisomem. — A afirmação era de quem conhece o ambiente próximo aos policiais.

Andam em círculo. Procuram pela casa de John em busca de segurança e estacionam na frente. Os policiais conheciam a coragem de John. Demoram-se... demoram-se, mas em algum momento, a paciência esgotou, os moradores aos gritos incentivam, ou nem tanto, porque também havia a cobrança de atitude para cumprirem o dever. Ligam o carro, acendem as luzes internas e fazem a volta, e apenas um policial é designado pelo comando a seguir em direção ao entroncamento bolicho/caminho, onde parou o carro novamente, e fica por lá com o suor gelado escorrendo pelo rosto.

Com o medo batendo, aparece a fome que não pode esperar. A mesma que consome o que se vê pela frente. Lembrou que estava há mais de vinte anos na polícia e nunca deixou que percebessem o medo que sente do lobisomem, e justamente hoje que estava de serviço fora o designado para atender à chamada. Veio-lhe à mente a receita da avó para passar o medo. Pão e alface e chá de camomila. Aproveita a parada para fazer um pedido via *delivery*.

— Dois pães com alface — e complementa — e dois copos de camomila. — Para tranquilizar também o atendente nervoso do outro lado da linha.

— Eu estou tranquilo. Quanto a vocês, estão bem?

O atendente ficou sem entender e pensou que era trote. Disse: "Para matar a fome ou o medo?".

— Chá de camomila não trabalho, mas podemos pedir na farmácia ao lado e enviamos junto.

A população fora à loucura ao passar o *delivery*. Depois de devorar os pães com alface, e tomar os chás de camomila, retira os farelos com as mãos e põe no saquinho de lixo junto ao carro. Mas fez o efeito contrário, o medo subiu de escala e em segundos é tomado pelo pânico. O policial esbravejou consigo.

— Eu sabia que faria efeito se pedisse uma caixa de chá de camomila.

Liga o rádio para relaxar e ouve o Arlei Mazzi, motivador, show do rádio e animador de auditório, que leva alegria ao público. Porém, o programa inaugurava o quadro "Histórias Misteriosas". Contava a história do lobisomem que apavora o Vale da Província de Odessa à procura de policiais. "Corre por entre os moradores, cruza próximo as crianças. As mães o deixam passar, pois conhecem a preferência por policiais. O lobisomem ergue a cabeça, farejou o cheiro do policial no ar tal qual o urso fareja o cheiro da presa e corre direto em direção à caça..."

"O lobisomem farejou o meu cheiro."

Ele nem ouviu até o fim. Deu meia-volta e saiu do local, fingindo sair para cobrir outra chamada. Passa pelos moradores em alta velocidade. A sensação gerada a partir do perigo fantasiado, somada à insegurança e ao medo, criara a fabulação interna. E a partir dela a expectativa de que algo iminente ocorreria dera azo à luta interna, enfrentar ou fugir — a primeira exigia a coragem maior que o medo, e a segunda que sumisse dali. A invenção da chamada o salvou, pois travado pelo medo sequer reagiria ao perigo.

Nessas horas sempre aparece alguém para criticar. Um desconhecido comentara: "Despreparado".

— Essa é a nossa polícia. Sentem medo só de ouvir a história de lobisomem. Esperar que algum dia subirão à rocinha é utopia. Lá os lobisomens existem e às centenas. Depois perceberam que os policiais como sempre não iriam fazer nada. Cada um pegou a arma de que dispunha em casa. Porretes, machados, alavancas, facões, facas, pistolas, espingardas. Era tanta arma que se abismaram mutuamente. Serviram para armar também os espíritos.

Eles movimentaram-se qual a manada ao final da rua e lá ficaram com os olhos fixos em direção à colina. Formavam a imagem de um formigueiro humano. Ouviram conversas e risos. Aproximavam-se pé por pé, silenciosamente, mas a ideia duraria pouco. Um uivo interrompeu o silêncio. E foi aquela correria. Usain Bolt seria deixado para trás se participasse da disparada. Entraram em casa; fecharam portas e janelas. Esperaram por uma hora e o silêncio reinava; não tiveram coragem de fazer nenhum movimento depois dos uivos.

A aventura os deixou mais apreensivos. Ligaram à federal e à mídia ao mesmo tempo, com a intenção de que chegassem juntos. Caso a federal, furiosa com os pequenos, se transformasse em geleia, a imprensa estaria ali para divulgar. E aí teria de escolher a imprensa ou o lobisomem. Qual deles enfrentaria? Chegou a federal e a imprensa. Voltaram para a Rua. Alegavam o sumiço das pessoas e morte. Belinha esqueceu o pânico que passava por causa do lobisomem, pintou o rosto e passou batom na boca, e diante da imprensa fazia poses para as câmeras.

Os policiais ouvem a população:

— Ouviram tiros?

— Não ouvimos.

— Mas como foram as mortes? — indagou o federal.

— Não sabemos.

— Alguém esteve dentro da casa?

— Não, ninguém.

O policial olhou sério e pensou: "Se tivesse feito a última pergunta como a primeira, não perderia o tempo com as outras". Ele continua com o olhar sério para os curiosos. E fecha o bloco de anotações. Entra no carro e dirige em direção à colina.

Estaciona na frente da casa. Abre-se a porta, e some dentro da casa. Ninguém mais o vê. As estações de rádios e TVs da província de Odessa transmitem direto do local. Ao mesmo tempo, sabendo da presença da imprensa, e como não gosta de perder oportunidade, o delegado da PF, conhecido como Xerife, procura a frente das câmeras de TV. Aproveita a luz, pega seu megafone e determina: "Saiam... Quem quer que esteja no casarão." Repete. Sem resposta, mas nem um único ruído. Reúne dez policiais e aproximam-se da porta. Prestes a arrombá-la. Porém, outro uivo os pega de surpresa. O que mais corre é o Xerife, seguido pelo policial assistente. Seguiram-se risadas, mas ninguém soube identificar de quem ou de onde. Pareciam querer divertir-se com a situação. Quem poderia achar graça de um momento desses?

— Xefe, Xefe, por que está correndo?

— Você não ouviu? O lobisomem.

— Que lobisomem o quê? Isso não existe. — Surpreendido com a calma do assistente, respira fundo e consegue parar, mas continua com a feição branca e olhos arregalados.

— Você acha mesmo que não existe?

O assistente dá de ombros, sacode a cabeça e volta para a frente da casa. A porta se abre e ele entra na casa. Mas os dez param indecisos. Os holofotes o encorajaram. Estufou o peito e foi porta adentro. A porta se fecha impedindo os policiais de acompanharem. No íntimo deram graças a Deus. Todos percebem o medo, mas preferiam deixar a porta intacta.

A imprensa começa a divulgar os boatos, para divertir quem os assiste em casa. Com a voz tonalizada para passar mistério, o repórter que cobre os fatos disse:

— Nem o Xerife conseguiu entrar no casarão da colina. — Na Rua surgem comentários de ódio e vingança contra o lobisomem.

Enquanto concentravam na porta da frente, surge uma moto saindo pelos fundos do casarão. Era John aos risos, e aos gritos de "Uhu! Uhu!" trazia um garupa, que não se pôde identificar no momento. Os veículos policiais iluminavam com faróis a trajetória da moto. Irio, o assistente, sai com Malik e Tainá aos risos. Ao passarem pelo Xefe, este olha incrédulo. Diz para si mesmo:

— Mas esse é meu assistente. — Passa sorrindo e grita "Uhu!" com Malik.

A imprensa começa a perseguição. Os canais de TV suspendem a programação para cobrir direto. A população sai à frente das casas para ver a passagem do lobisomem.

— Lá vêm eles — apontam os moradores ao verem a luz da moto iluminar a entrada da rua.

John conduz a moto em velocidade baixa, Armindo em pé escora as mãos nos ombros de John. Atravessa e retorna à extensão da Rua com braços abertos. Ao parar em frente à igreja, descem da moto e John sobe as escadas e diz para todos ouvirem:

— Hoje é sexta-feira, noite da maior lua cheia pela proximidade da Terra. Digam onde está o lobisomem. Vocês não conseguem, mas eu digo que ele existe no imaginário de vocês, nas mentes passivas que aceitam a história sem questionar os motivos de quem conta. — Liderada por Simone a mentira se arrastara.

Simone, que acompanhava na sacada, corre para dentro da casa e fecha as cortinas. E John continua.

— Querem ouvir isso? O que sabe Armindo e ainda não disse, para sofrer tanto ódio? Mas poderá dizê-lo agora.

John teria esperado a sexta-feira de lua cheia para demonstrar que o lobisomem habitava apenas o imaginário das pessoas? E expor o motivo da crença ser explorada para tornar Armindo desacreditado junto aos moradores?

— O que Armindo sabe e ainda não contou — complementou John.

Ao ouvir que John ainda não sabia de tudo, Simone no interior da casa movimentava-se o tempo todo.

No meio da aglomeração os moradores começam a mudar de lado, e já correm os fuxicos da perseguição de Simone. "Certa vez, pediu ao padre para intervir junto ao prefeito para derrubar o casarão." Alguém comentou sem nunca ninguém ter ouvido história sequer próxima disso. E outro emendou: "Perseguia-o na igreja e parecia uma metralhadora para bater boca, exigindo que saísse. Armindo ficava à porta um pouco para fora e Simone batia com as mãos e gesticulava sem parar. Mas não se ouvia o que dizia".

A realidade é que John poderia estar convicto de que Armindo era apenas o homem Armindo. Junto com Malik inventava janta ou levava uma garrafa de vinho para tomarem no casarão da colina nas noites de lua cheia. Observavam a lua entre as nuvens e ficavam na expectativa para ver a confirmação. Olhava o relógio na parede à espera de bater meia-noite. Convencidos de que era fruto da imaginação popular, Malik criou a máquina que emite uivo idêntico ao coiote e em meio a vinho e às risadas a acionava, dando asas à imaginação dos moradores.

# 22

No outro dia, Zé L. acordou com outra predisposição e cheio de planos. Parece que conseguiram convencê-lo de que era um pastor. Seguiu até a loja do Pozzatto, mas sem conseguir crédito com o pão-duro do dono para pagar depois de abrir a empresa. Tentou a última cartada para convencê-lo. Disse que iria abrir uma igreja em sua casa, aí usaria o dinheiro dos fiéis para pagar.

— Lucro certo, crédito aberto — concedeu Pozzatto.

Zé L., boquiaberto, pois nunca conseguira crédito para nada, comprou três latas de tintas Rende Mais, serrote, martelo, pregos. Na saída, Pozzatto ainda foi à porta lembrar que se faltasse algo era só buscar. É claro que colocou os preços lá em cima, mas Zé L. nem se importou. Teria lucro suficiente e o amigo podia ganhar um pouco a mais.

Ele passou todos os móveis para a parte de cima. A ideia era colocar as bancadas no espaço embaixo. Depois de organizar o interior da casa com a retirada da parede do meio e deixar os bancos no espaço aberto, passou duas mãos de tinta da cor bege nas paredes e pintou de cinza as bancadas. A entrada da casa não tinha cerca e isso era bom, pois lhe pouparia tempo e dinheiro. Precisava da entrada livre para facilitar o acesso dos fiéis. Se a experiência do dia anterior se repetisse nos dias de cultos, poderia pagar tranquilo, e em um mês e os gastos se transformariam em investimento.

Conseguiu uma escada emprestada com Az, que a essa altura já o bajula para se tornar sócio, e colocou a placa: "NOVA IGREJA".

Zé L. é o mesmo que dava cambalhotas atrás das traves, no meio do campo, para interromper o jogo. Certa vez voara por cima do muro do colégio para tirar a peruca do rapaz que raspara a cabeça no quartel e queria esconder da namorada. Contudo, começara a vida nova ao receber a chamada de vídeo via WhatsApp e se transformara em Zé L., o pastor. Na primeira missa, ele tem o cabelo curto em vez de na altura dos ombros. A barba bem aparada e vestia calça e camisa social com gravata. Explicara a mudança e que, se ele conseguiu, todos os presentes também poderiam.

— Eu coloquei em minha mente que seria outra pessoa e resolvi me tornar pastor para servir. E vocês podem fazer o mesmo. Não liguem para o que os outros dizem. Basta convencerem-se a si mesmos e terem um objetivo. É o suficiente. Vejam o meu caso, que até a tia Helena não acreditava em mim. Disse: "Zé, você nunca vai mudar. Menos ainda será pastor." As lágrimas jorram dos olhos e inundam o rosto do Zé L. Mas em segundos prossegue. Aplausos dos sentados.

— Me partiu o coração, mas eu tinha a minha meta e precisava ser forte, lembrei que as palavras dela não teriam importância e que, se eu quisesse, me tornaria pastor de verdade, faria disso a minha luta, a mudança que queria estava dentro de mim. Decidi que deveria mudar e hoje estou aqui com vocês. — Aplausos.

John percebeu que Simone não prestava ao aceitar o fim das investigações sobre o desaparecimento das netas e alimentar o ódio contra Armindo a ponto de entrar na mente das pessoas e convencê-las de que ele era lobisomem. "Quem acreditaria no que diz um lobisomem!?" Ou lançava o descrédito: "Quem é afinal, é homem, mas se transforma na lua cheia?".

A cada visita de John à colina, demonstrava rancor e gerava comentários: "O que o faz correr de moto estrada afora para conversas no casarão?".

Simone desconfiava que Malik e Armindo tivessem comentado que a viram arrastar as crianças. Naquele momento eles ouviram o lamento do padre pelas crianças os terem pegado em fragrante. Os dois estavam em pleno namoro e as netas presenciaram, e depois desapareceram.

Para Armindo, a aparição na noite de lua cheia perante os moradores, iluminada pelos faróis da polícia, o devolvia à vida normal. "Só mesmo John e Malik", pensara. Ou, se tivesse enfrentado a situação em vez de se omitir, poderia ser apenas o Armindo. Por presenciar o incidente, a falsa carola quis acabar com sua vida, tal a força de padre Bento e Simone perante os sentados.

Lembrou-se do tempo de paz quando colhia as ervas para o chá de inverno. As caminhadas na estrada enfileirada de sibipirunas até a entrada da floresta, depois percorria a rua e atravessava o campo ao lado da rodovia. As idas ao bolicho e à barbearia, que era um bom lugar para encontrar conhecidos.

Como pôde se deixar afetar por Simone? Ela precisava fazer qualquer coisa para esconder a participação no desaparecimento das netas e manter as aparências. "Nem sei dizer o que ela considerava o mais importante."

Tudo podia ser bem diferente se praticasse o que pregava nos sermões na igreja, ou nas reuniões nas casas dos fiéis. Mas preferiu destruir a imagem do homem Armindo para torná-lo inconfiável, com medo que espalhasse que a viu com o padre e empurrar as crianças no carro.

Porém, foi a perseguição que fez nascer a ideia de entregá-la, tanto que nunca comentara o episódio. Armindo pensara nas perdas das netas como tragédia para a avó. Nada mais precisaria. Mas ela trabalhou até a perda das netas para obter vantagem. Por isso o perseguia com medo de fazê-la perder a vida de luxo.

# 23

Domingo, às 17 horas, o sol aparece e desaparece por trás das fumaças cinzentas, tal qual a criança que espia e retorna ligeira ao esconderijo do brinquedo. Do alto da sibipiruna, John direciona o binóculo para a casa n.º 19. Vê Malik com a namorada saindo ao portão de mãos dadas. Em menos de cinco passos dispara à frente. Tainá corre esforçando-se para alcançá-lo, os dentinhos mordem o lábio inferior, e a pequenina mão direita, outrora delicada, encontra-se na posição de ataque. O pequeno Jonathan corre à frente para acompanhar. Aproveita e força o portão para trás e retorna pendurado à posição fechada. Repete a diversão até a mãe Milla alcançar o carrinho para nova brincadeira.

John eleva o binóculo e percebe movimento na casa n.º 976. O portão é puxado em direção ao interior do imóvel. Aperta a tecla que enquadra a imagem para deixá-la mais próxima, e se impressiona com os lindos traços de Simone ajustados ao vestido de cor preta. Mesmo à distância, a imagem esquadrinhada capta com nitidez o rosto maquiado, o batom vermelho, o cabelo cuidado. O padre vestia a camisa azul-marinho. Aparecia nítido com o braço esquerdo escorado na janela aberta. Já não havia a necessidade do vidro claro por dentro e escuro por fora.

Acompanha-os com o binóculo para se certificar do rumo escolhido. Descera da sibipiruna direto para a moto. Imprimira baixa velocidade para manter distância e desaparecer do retrovisor. Assim que entram na rodovia, afastam-se cada vez mais da cidade. Percorrem 80 km até chegar à fazenda.

No local não havia porteira, nem as de madeira rústica fechadas com cadeado, nem mesmo a de trama e arame que se empurra com um pé para colocar o gancho embaixo e forçar a parte de cima com as mãos para prender ao gancho superior.

Seguiram para a casa baixa de alvenaria. Recuado a trinta metros da casa, havia o galpão pintado em cor branca que media em torno de 500 por 200. As portas e as janelas da cor marrom. Enquanto isso, John observa o lugar. Transmite sinais de abandono. O movimento dos galhos das árvores ao redor da casa forçado pelo vento frio era o som que se ouvia. A porta do carro leva alguns minutos para ser aberta. O padre desce com a chave na mão, abre a casa, e retorna rápido. Deve ter buscado o controle, pois o portão alto e largo sobe, e Simone já no banco do motorista movimenta o carro para o galpão, enquanto o portão desce à posição fechada.

Mesmo com o portão ligeiramente aberto foi possível ver o vasto interior, no canto superior direito encontra-se o escritório com mesa e sofás. E na parte inferior um pequeno avião voltado para outra direção. Devem ter entrada e saída para o avião decolar e pousar, pois a pista se estende por mil metros a partir do galpão.

Pensa em se aproximar, mas, receoso, desiste, pois ainda mantinha dúvida se haveria alguém cuidando a entrada. Além disso, filmara a perseguição com o celular, então permanece onde está enquanto aguarda a saída. Após três horas, o portão volta a levantar. O carro é deixado no interior e saem de mãos dadas em direção a casa. Em pouco tempo a chaminé do fogão à lenha emite sinais de vida ao expulsar bolas de fumaça. Simone levara consigo uma sacola com mantimentos suficientes para o lanche do café da tarde. Já escurecia e ainda permaneciam no interior da casa. John pensa em retornar, pois já vira o suficiente.

Agora, as informações ativas exercem a mudança no modo de pensar sobre Simone. Convencido de que a religiosa era farsante. O valor da vida era nada frente ao fascínio da luxúria e das festas. A partir da constatação, visualiza as consequências do enfrentamento. Dá meia-volta e retorna impressionado. Ele dará início ao plano para destruir Simone e fazê-la confessar como as netas desapareceram.

# 24

John tinha soldados amigos e sabia a realidade que passavam. Enquanto o general aumentava o próprio salário, eles ganhavam percentual inferior que ainda lhes era retirado. O general reiterava o inconformismo à isonomia salarial, que só poderia mudar com o advento de nova lei com a mesma força. O dinheiro destinado à instituição era delimitado e, em caso de aumento, o mesmo percentual deveria ser repassado aos demais militares, incluindo soldados, cabos e sargentos que formam a maioria. Assim, o dinheiro se diluiria e o aumento se tornaria ínfimo, para fúria do general.

Entre os soldados, o que mais o visitava era Teo. John o viu descendo a rua quando recém dobrava a curva que vinha da estrada da casa do Armindo e passava em frente à igreja. Foi se aproximando no passo de quem sabe aonde ir. Descia pela direita passando a casa do general, do juiz, do delegado, do banqueiro, do bicheiro e a casa de jogatina. O Plik correu ao portão quando passou pela frente do outro lado da Rua, mas não reagiu aos latidos. Encontrou John no portão com a xícara de café soltando chumaços de vapor.

— Como vai, John? Há quanto tempo...

Enquanto abre o portão para Teo, com a ironia estampada no rosto, John o questiona:

— Deve ter ficado quase sem sair do exército. Ocorreu algo errado para deixá-lo preso todo esse tempo? — Risos.

No percurso em direção aos bancos no entorno da sibipiruna, explicou:

— Não fui preso, não. Ocorreram operações a mando do general. E tivemos que nos concentrar por um período na floresta próximo às aldeias indígenas.

— E pode dizer quais operações o ocuparam por tanto tempo?

— Tivemos que permanecer acampados para estudar um plano para tomar o ouro que permanecia em poder dos índios. O general determinou que invadíssemos as terras indígenas por criarem um estado independente. Mas a intenção dele era roubar as riquezas.

Já acomodados nos bancos, John indaga:

— Mas os índios não criaram resistência?

— Como iriam? Com diversas armas apontadas para as cabeças das crianças, não tiveram alternativa. Entregaram o ouro para os militares. Ocorreu uma situação em que o general mandou matar crianças para demonstrar que estava decidido a roubar as riquezas. E os indígenas correram e entregaram o que tinham em seu poder.

— Mas isso tudo foi levado ao conhecimento do cacique Danny. Ele tá quieto demais. Volta e meia lembram do que ele diz. "Ninguém fará por nós senão nós mesmos." E os comentários são de que já se cansou de reclamar às autoridades.

— Só preciso entender onde o general guarda o ouro? — indagou John, submerso nos pensamentos que apontavam para a casa do militar.

— Mas deixa comigo. Tenho dois investigadores que descobrirão onde o general esconde o ouro. Pensara em Pedrinho, mas em especial no Malik por ter acesso às casas dos integrantes do grupo.

O delegado, ao perceber a raridade das cerâmicas, instigara o general para se aproximarem de Agenor. Eles o convidaram a participar das festas com a intenção de persuadi-lo a entregar as artes, que o criador ainda não tinha percebido quem furtou as raridades.

Agenor, descrente, se perguntara: "Como descobriram que havia me apropriado das cerâmicas do John?".

Neko tinha acesso direto aos integrantes do grupo. O padre o recebia diariamente em seu escritório e conversavam pelo pátio da igreja e do internato. Visitava a casa da Simone, do Ravi, do Alister, do Lontra, e a do Heitor. Escolhia o dia da semana para organizar jantares e ficavam até tarde da noite planejando... só cambalacho. O general e a esposa Helena o presenteavam com armas para proteger o ouro que dizia ser importado do Uruguai.

Simone o atraiu com o propósito de descobrir as obras raras escondidas na cerâmica. Também usava Neko como o antídoto para os mais ligeiros, pois era conhecedor dos caminhos, já que também era rápido. Sua larga experiência seria usada para impedir o acesso aos dados ou às conversas do grupo, tal quais os *hackers* contratados por grandes empresas para criarem mecanismos de defesa para impedir o furto das informações. Já temerosos de Pedrinho ter acessado as mensagens trocadas, investem em segurança para impedir que dados sigilosos, que contêm os planos do grupo, sejam disseminados pela internet como tem ocorrido sempre que descobre algo. E durante as procissões Neko era usado para fiscalizar as exposições.

No interior da Igreja encontrara obras que atraíam os olhares dos fiéis e chamara a atenção por serem idênticas às de Helena. Fora ligando os pontos que direcionavam à máfia do furto de obras de artes. Junto com o esposo, tentara se informar dos motivos de os deixarem de fora da velhacaria. Queriam sociedade nos lucros, mas continuaram de lado. Simone então determinou a Neko que ao encontrar peças de arte raras "as levasse" para ela. Neko cumpria o determinado: encontrava a arte rara e a furtava. Assim, as peças da igreja, do general, do banqueiro, do bicheiro, de Agenor adornavam as paredes e mesas do porão da casa da carola.

Bento convida Neko e a turma de falcatruas para se "confessar" na igreja. Não era coincidência passarem a vestir roupas de marca, e apresentarem-se com os cabelos cuidados. Mas Malik já desconfiava, quando perseguia Simone na igreja, desliza a mão na cerâmica idêntica à peça que John criara, em cima da mesa do padre. Interessa-se em investigar para descobrir quem furta as artes. Pensou ser alguém da empresa que facilita.

— Quem seria o vilão das artes? E quem chegaria primeiro até ele?

Os idênticos se conhecem. Simone fora a primeira a desconfiar do Agenor. Então, contratara o Neko para investigar onde foram escondidas as peças raras, como o gato preto. E descobre o lugar onde eram escondidas as peças. Assim que John as deixava na área de secagem do galpão, Agenor as furtava e escondia no baú trancado com cadeado. Simone então determinou que as trouxessem para o depósito no porão da casa, com baú e tudo. "E nem pense em ficar com uma arte. Preciso de todas as obras. Traga-as aqui para mim." E ainda diz em voz baixa: "Que desaforo do Agenor ficar com as obras raras. O que aquele velho pensa em fazer com elas? Quero aqui no meu porão. Elas combinam comigo, lindas e raras só pra mim."

Nenhuma pessoa correta compraria algo que não pudesse mostrar aos amigos. Normalmente é alguém ligado ao crime organizado, mafiosos.

# 25

John e Malik combinam para irem ao jogo de beisebol dos "Dinossauros" domingo à tarde. A denominação deu-se devido ao esqueleto do dinossauro Saturnalião, encontrado enquanto as máquinas trabalhavam a área para construção do estádio. Aí não tiveram dúvida, "era uma mensagem dos céus", ou era da terra, deixada há milhões de anos. Seria o grande amuleto da sorte do clube. E põe grande nisso. O esqueleto do dinossauro predador media mais de seis metros de comprimento por quase dois de altura e viveu há 230 milhões de anos, no Triássico, ao sul da província de Odessa. Embora o guarda do estádio jurasse que esbarrava com ele à noite. "Bebia a água do tanque, deixada próximo à tela que demarca a área do Parkão".

Numa decisão unânime, o conselho do clube decidiu homenageá-lo com o nome: Club Beisebol Dinossaurus Saturnalião. O esporte fora trazido pelos venezuelanos durante a crise migratória para as províncias. Obteve adeptos e evolução nos resultados, sendo o destaque no último pan-americano em Cerrillos.

Acostumados ao Parkão, John e Malik vestiram a camisa azul-marinho com listras amarelas na borda do pescoço e nas mangas. Malik levara o Plik escondido. Segundo o porteiro, o estádio proibia a entrada de animais de estimação por "receio dos dinossauros que sobrevoavam o estádio". Na realidade, o regulamento impede que sejam levados os animais de estimação aos grandes eventos temendo que se assustem e possam causar a si próprios eventos como ficarem perdidos dos donos ou serem pisoteados pela avalanche humana, dependendo do andamento do jogo. Sem esquecer que os cães possuem o ouvido mais sensível dos seres vivos, portanto frágeis ao barulho das bombas e foguetes soltados nos arredores do estádio.

Cruzaram pelos bares, localizados na província de Odessa, de onde partiriam rumo ao Parkão dos Dinossaurus, localizado na planície rodeada por morros. Na chegada Malik parece querer reconhecer um torcedor.

— Hein, John, aquele não é Anuar, filho do Agenor?

— Já não me lembro. Ele desapareceu de casa há muito tempo. A última vez que o vi ele era adolescente.

— Ele está com a camisa do Saturnião. Deve ir ao jogo. Vamos conversar com ele. Combinar de assistir ao jogo juntos.

— Melhor não — sugeriu John.

Porém, de pouco adiantou. Malik levantou e foi conversar com Anuar.

— Oi, você é filho do Agenor? Lembra-se de mim? Sou vizinho do seu pai e trabalho na cerâmica.

— Você deve ser vizinho do senhor Agenor.

— Como assim, pode explicar a diferença?

— Ele nunca foi pai. Tratava-nos como bichos. E quando meu irmão conseguiu fugir de casa e depois arrumou emprego na loja de material de construção em Odessa, ele tentou me enforcar. Colocou a alça da mochila em torno do meu pescoço e puxou firme com as mãos em cada ponta da alça. Cheguei a desmaiar; aí ele parou de puxar a alça em torno do meu pescoço.

— Mas por que isso aconteceu?

— Ele sempre foi cruel contra o mano, mas como eu era o único em casa, para descarregar a maldade, decidiu me enforcar e me culpar pela saída do Gibran.

— Aquele é John, trabalha na cerâmica e é também vizinho da Rua. John se aproxima.

— Tudo bem? E o Gibran, está por aqui também?

— Ele ficou estudando.

— Tem visitado o teu pai?

— Já disse pra ele que o Agenor não é meu pai.

— Então, por isso que sumiram?

— Conseguimos nos livrar do inferno e não queremos voltar.

— Vamos olhar o jogo juntos?

— Agradeço o convite, mas estou com a turma de amigos de Odessa.

— Onde posso encontrar o Gibran?

— Na MCiltraz, loja de material em Odessa.

— Esse é meu número de telefone. Envia mensagem com o endereço que irei procurá-lo. Agora vá olhar o jogo com os amigos. Depois entramos em contato.

Malik questionou: "John, por que o Agenor inventou a história do abandono?".

— Penso o que será que teria planejado para inventar o motivo dos filhos terem saído de casa... Preciso ver isso depois. Quero descobrir o que estaria por trás. Mas deixa pra lá, conversamos sobre esse fato depois do jogo.

Era uma tarde de outono, os estudantes organizaram seu horário, e os moradores planejaram as tarefas. Vestiram a camisa do clube e no ritmo da torcida foram levados pelos campos de sonhos direto à Rodovia Escura, onde sobrevoava baixa a nuvem de graúnas, ave negra em tupi, idênticas a pequenos morcegos. Adentram o Morro Fantasma, km 1 da saída de Odessa, cruzam a Cidade Paleontológica à direita, e dão de cara com aviões em voos rasantes, despejando ruídos ensurdecedores.

Ainda vivos, percorrem 1 km e pendem à esquerda ao Parkão dos Dinossaurus, próximo ao morro cor de piche. A fila era enorme. Os frequentadores das cavernas dos morros no entorno do estádio aguardaram até o último minuto para entrar na fila. Talvez em nenhum outro momento da história do clube tivesse tantos torcedores no estádio. Era jogo da segunda divisão da província. Sentam na arquibancada de costas para o morro piche e de frente para o arremessador, o Pitcher para minoria. John e Malik, próximos à casamata, acompanham a palestra do treinador Tonhã passando orientações.

"Temos a maior torcida da província, mesmo com o clube sem conseguir sair da segunda divisão. O estádio está cheio e com o coração do torcedor não se brinca. Nossa disposição tem que ser maior que a do adversário. Vamos fazer o que treinamos na semana e rebater o jogo inteiro, colocar medo no adversário durante o arremesso e as rebatidas. E ninguém perde a corrida pelas bases e a volta ao *home plate* e pontuar. Depois iremos para casa com a nossa consciência tranquila."

Conseguira o cargo após convidar o presidente do clube para um churrasco. E contou com a colaboração da esposa, que serviu o doce de amora conhecido na região como o doce do sim. Quem experimentava concordava com o pedido. Muito usado pelas namoradas em tempos remotos quando pressionavam os noivos para casar. Agora pressionam os namorados para caírem fora. O treinador nem um pouco se importou e fez uso para conquistar tão disputado cargo. Além disso, aproveitou que estava em casa e a pressão familiar a favor e foi com tudo para o ataque e não tinha como o presidente escapar.

A torcida acompanha o arremesso mortal e a corrida completada, mas o jogo não saía do empate. Então as esperanças iriam se arrastar e a partida poderia levar horas para o final. O rebatedor consegue um *page* 2 enviando a bola para fora do estádio, um *home run*, e mais um ponto. Muitas reclamações do adversário, meia hora de discussões porque o juiz principal definiu como boas as bolas arremessadas por Rex, eliminando o rebatedor por três *strikes*. No adversário, o rebatedor Brachio parecia calmo, o que deixou os Brachiossaurus reclamando que o jogador precisava levar um choque. A essa hora os torcedores, indignados com o vegetariano, pediam a troca, pois preferiam o carnívoro. A torcedora ao lado disse que ia fechar os olhos e rezar para Brachio reagir. Mas os Dinossaurus tinham Rex, o Tobata. Consegue passar pelas bases, termina na casa base sem cometer erro, e é computado um ponto. Já sem a necessidade das entradas extras, o jogo termina com nove entradas.

Em segundos os torcedores descem das arquibancadas para se livrarem do encontro com os morcegos que sobrevoam a Rodovia ao escurecer. A direção, em reunião com a Federação de Beisebol da Província, resolveu marcar o horário dos jogos para o final coincidir com a saída dos morcegos das cavernas. Fora planejado para forçar a saída rápida do Parkão dos Dinossaurus. Assim, nem teriam tempo para protestos contra o time e os dirigentes após resultados negativos. Contudo, a direção levava os jogadores ao esconderijo debaixo da arquibancada, usado também pelos treinadores durante as primeiras horas posteriores às derrotas.

Depois do jogo, John e Malik acompanham pelo celular as entrevistas dos dirigentes e os planos para a próxima temporada. De volta à Rua, embaixo da sibipiruna, com o Adotter e o tio Pedro, eles prestam a atenção no comentário do Oto sobre a mentira de Agenor sobre o abandono dos filhos...

— Sempre foram meio malucos. A família toda brigava entre eles por pouca coisa. O Noé, pai do Agenor, hoje seria preso. Batia nele e nas irmãs com vara de marmelo que deixava o corpo marcado e ainda prendia os pés atados na sibipiruna para não saírem à Rua. O velho dizia que na Rua não existe ciência. E nem precisava cometer uma falha grande.

E os amigos continuaram a escutar o seu Oto. "Isso vem de longe. As tias do Agenor, a Zulma e a Filhinha, se agarraram nos cabelos e só pararam para beber água, e depois retornavam a brigar e gritavam que nem loucas do hospício. E eram inconfiáveis, nunca mantinham a palavra, prometiam uma coisa para no momento seguinte nem se lembrarem do que disseram. Agenor cresceu dizendo que jamais agiria que nem o pai quando tivesse filhos. O primogênito, o Gibran, apanhava que nem cachorro de rua. Isso que estudava e ainda o auxiliava em casa e na empresa. O Anuar não ficou louco só de ver o irmão apanhar não se sabe como."

"Depois Gibran cresceu, fez 18 anos e conseguiu fugir de casa. E, assim que se estruturou no emprego, deu jeito de livrar o mais moço das surras. O Gibran e o Anuar não abandonaram o Agenor, eles se livraram do pai louco. Mas fiquem longe disso. Acho que é hereditário, brinca e os dois meninos se descuidam e farão o mesmo com os filhos. E os meninos agora já são maiores e exercem atividade em Odessa. O pior já passou."

PARTE XII

# A casa de jogos

# 26

No sobrado branco, o portão do n.º 976 é aberto e a carola entra no carro que a aguardava na frente da casa. Simone continuava saindo sem o esposo, que parecia um estranho para ela. Eram 20 horas quando o padre a deixou na frente da casa do Az de Wallett para participar dos jogos no galpão. Simone, acomodada na cadeira com as cartas certas na mão, vislumbrava chances reais de vencer, quando o celular tocou. Era notícia nada boa. O filho primogênito havia se envolvido em um acidente de carro e estava no hospital. Furiosa, determinou que ligassem ao pai ou à filha Norma. E continuou o jogo sem demonstrar abalo, inclusive ganhara a rodada. Antes da nova rodada, ligou ao juiz para ver se chegara ao hospital.

— Quero as informações corretas quando chegar. Durante os jogos não precisa atrapalhar, e não quero que venha me buscar, nem ligue para saber quando irei voltar.

Ao chegar à casa, descobre que nada havia de errado com Davis. Sentia as dores do choque da batida, e o veículo sofreu avarias, pagas pelo seguro.

John soube após a corrida matinal, a caminho da cerâmica, que o bicheiro Lontra fora morto pela organização durante o carteado. Az de Wallett assumira os disparos, e o processo foi arquivado em decisão fundamentada nos depoimentos da carola, do delegado e do general de que Az não poderia agir de outra forma sem colocar a vida em risco. O juiz Marin, é claro, pressionou junto ao colega que julgou o caso. A informação que corria no bolicho e na barbearia era de que Lontra lograra o restante do grupo com a lavagem do dinheiro com a igreja. Confiaram a ele receber o valor na igreja, mas permanecera com o dinheiro e se negara a repassar a parte do grupo.

Pedrinho ao saber do assassinato pesquisa o rosto do Az de Wallett na internet e acha-o parecido com alguém ligado ao PCC. Começa a trabalhar a imagem e aos poucos encontra o verdadeiro nome de Az de Wallett. Victor Pontes de Menega, o Zeko do Morro, traficante procurado pela Polícia Federal das províncias, Interpol e CIA. A casa de jogos clandestina funcionava como disfarce para transparecer aos moradores o viciado em jogos, um vício similar às bebidas alcoólicas. Porém, tratava-se do criminoso com antecedentes idênticos ao homicídio cometido contra o Lontra.

Pedrinho aproveita o portão aberto da vindima e entra *fazendo grau* de *bike*. Trazia na mão direita, que também segurava o guidom da bicicleta, um papel dobrado.

— E aí, John, olha só o que estou por descobrir. Sabe o Az? Acho que ele não é a pessoa que tenta transparecer aos moradores. Desconfio que ele fez várias plásticas. Realizei uma pesquisa fotográfica por meio do envio dos traços do rosto dele na internet. E consegui identificá-lo como o traficante Zeko do Morro, procurado pela Interpol, CIA, Polícia Federal das províncias e, para azar dele, agora por mim. Encontrei-o primeiro.

— Quero ver então — interessou-se John, rindo.

Enquanto mantém o pé esquerdo no pedal e o direito no chão para equilibrar a bicicleta, Pedrinho abre a folha de papel e começa a explicar as semelhanças entre Az e o traficante.

— Ele mudou o nariz e afinou o queixo, mas me detive nos pontos centrais para descobrir que podem ser a mesma pessoa. Comparei os olhos e são iguais, e os gestos quando estão em movimento, percebi que eram idênticos.

Como o Az de Wallett só não mudara os olhos, Pedrinho buscou compará-los na internet. De primeira apareceu o Zeko do Morro. Buscou vídeos para comparar os gestos, colocou lado a lado e não teve dúvidas de que se tratava da mesma pessoa.

— Tem várias mortes no currículo, inclusive de policiais e traficantes concorrentes. — Desconfio que no galpão que o Az usa para jogatinas tem algo escondido. O Heitor, o Alister, o Ravi e a Simone não viriam ao galpão de fundos somente para jogos. Tem algo maldito escondido que atrai os gananciosos. Pode ser o ouro roubado dos indígenas.

— Mas onde, se o galpão possui livre trânsito?... Irei conversar com o Malik para ver se ele percebeu enquanto joga.

— Envia a mensagem pelo WhatsApp. Se estiver por perto, ele vem aqui conversar. Preciso saber o que ele diz a respeito da minha descoberta.

— Preciso saber também, pois é o único que tem acesso direto ao grupo devido à cara de pau para conviver com a corja. — Gargalhadas.

John encaminha: "Preciso saber se está por perto. Estou com o Pedrinho embaixo da sibipiruna. Quero que veja as informações que ele trouxe".

"Estou na barbearia, mas já desço." O "já desço" demora mais de hora, mas enfim Malik senta à mesa em volta da sibipiruna.

John pede ao Pedrinho para mostrar a pesquisa com o rosto do Az de Wallet. Depois de ouvir e aparentemente concordar que é a mesma pessoa, Malik precisa lembrar como é a estrutura do galpão.

— Não tem como ser ali que escondem o ouro. O galpão é aberto e o teto sem forro; não possui outros cômodos além do banheiro e da cozinha. Mas vou verificar.

# 27

John chega à casa n.º 27 com o vaso encomendado pela professora Miriam. Ela pesquisava sobre os exploradores. Disse que era um tema real e que queria se aprofundar. Ele aproveita para ouvi-la.

— A riqueza é nacional, e gerada, principalmente, pela classe média e trabalhadores, mas as elites não aceitam as políticas públicas de distribuição da renda. Usam todos os meios para alcançar o poder: golpe de estado, *fake news*, fraudes judiciárias. E manobram para permanecer no controle e ampliar a exploração do trabalho, do capital e dos recursos naturais. Eles discursam a liberdade, mas praticam a escravidão da classe média e trabalhadora.

"Em 1988 nasceu a CF cidadã, mas assim que entrou em vigência criaram os entraves para impedir a eficácia. Os banqueiros, através do *lobby* feroz, forçaram para que o § 3.º do artigo 192 da Constituição Federal, que limitava a taxa de juros reais a 12% ao ano, não tivesse aplicação imediata. O STF cedeu à pressão e determinou que se aguardasse a criação da lei infraconstitucional para legislar sobre o tema, até que veio a EC 40/2003 e revogou de vez o parágrafo. E os consumidores de serviços bancários continuam escravizados pela política de mercado."

"A Constituição Federal assevera que a ordem social tem como base o primado do trabalho, e como objetivo o bem-estar e a justiça social. Porém, aliadas aos americanos, as elites criaram projeto privatista para reduzir investimentos na saúde, educação... O direito do trabalho praticamente desapareceu, e o déficit em moradia se acentua exponencialmente, tornando a lei sem eficácia."

A professora levanta-se da cadeira:

— Veja os entraves criados para a implementação dos direitos aos miseráveis. Um exemplo é o auxílio-moradia, que, embora nascido para combater o déficit da moradia, nunca foi alcançado aos necessitados. Mas a classe privilegiada, que reside em mansões, constrói prédios, pois alguns têm empresas do ramo da construção, usufrui do benefício.

"Desvirtuaram o objetivo inicial que era combater o déficit de habitação das famílias de baixa renda. Subsidiar a moradia com ajuda no pagamento de aluguel, nas perdas do imóvel em caso de calamidade, auxiliar quem se encontra em situação de rua. O auxílio moradia se transformou em Auxílio-Moradas. Trata-se de apropriação legalizada, típico da Tirania. E essa prática vem desde o início da civilização, com a ajuda decisiva da Igreja, que mantém o povo alienado nas crenças, a ponto de criar a história de que os reis foram os escolhidos de Deus. Se fosse verdade que foi Deus quem escolheu, põe escolher mal nisso."

"Mesmo assim, John, entenda que as mudanças devem ocorrer pela conscientização e manifestação popular para garantir avanços gradativos para efetivar os avanços que queremos, principalmente lutar pela eficácia dos direitos sociais."

John escutou detidamente os ensinamentos. Entendera que os avanços existiam no papel, mas que nunca chegaram à realidade da população, pois as elites criaram entraves para impedir a consecução da eficácia dos direitos destinados à inclusão social.

Ficou por um instante indeciso em seguir os conselhos e respeitar o processo da mudança gradativa. Porém, retomou a convicção de que só havia uma forma de agir. E seria à la John.

# 28

Tainá recorda os conselhos de John sobre a escolha de quem levar para visitar a avó, e foi com esse ânimo que marcou para sábado com a turma de amigas, Sarah, Wanda, Agnes, Janet, Bridget, Rebecca, Barbara, Sabrina, Sidonia, Susannah. A visita com as amigas selecionadas à avó Samantha, caso saísse tal qual imaginara, abafaria com sobras os possíveis alardes das primeiras amigas. O critério de escolha baseava-se nas características das garotas. Propensas naturalmente ao mistério e boas de bico. E se, como imagina, gostarem de Samantha, a propaganda sairá melhor do que se colocasse na maior das mídias.

Tainá dessa vez planejara o itinerário. Passariam por lugares sinistros que as ambientariam para enfrentar a misteriosa casa e a avó Samantha. Até chegarem lá, já estarão familiarizadas. No passeio cada uma leva sua cestinha com lanches, para enfrentar a fome durante a longa caminhada.

O caminho escolhido passará por sítios abandonados onde encontraram crianças nos galhos com os bolsos cheios das bergamotas e que desciam assim que eram vistas. Mas o cheiro da fruta as denunciava. As taquareiras crivadas de crianças. Para alcançar as pontas elas prendiam o ar por alguns segundos para deixar o corpo leve e facilitar a subida. Agarravam-se em duas ou três taquaras e soltavam a respiração e o peso do corpo forçava a descida lenta até o chão.

Ao lado das taquareiras, havia o campinho. Ficava ao lado da casa da Dona Joana. Os primeiros a chegarem batiam bola. O som da batida funcionava qual o tambor de chamado da tribo. Nada poderia ser mais eficaz. Em questão de minutos brigavam para ver quem jogaria, já que havia mais que o suficiente para iniciar o jogo. No entorno do campinho, ficavam malucos por uma chance de jogar.

Quando a bola caía no pátio ao lado, ficavam na expectativa se retornaria ou não. Dependia da boa vontade da Dona Joana para o futebol continuar. Dizia nos dias que não devolvia que era porque estava ruim de ver, não merecia continuar. Ninguém sabe realmente o que se passava na cabeça da vizinha.

Parecia o Cid em volta do campo, fardado à espera da vaga, mas quando era chamado para jogar fazia a maior onda para entrar. Pedia um tempo para fazer dois ou três polichinelos, alongava, levava a mão na perna fingindo uma lesão. Da mesma forma Dona Joana fazia o maior corpo mole para devolver a bola. Antes de atirar a bola de volta, dava os conselhos táticos para melhorar o jogo, enquanto os peladeiros ficavam malucos para reiniciar.

No mesmo sítio, passando a plantação de canteiros, distanciando-se mais ao fundo das frutíferas, acima das taquareiras, havia a revoada de gritador, que mais parecia a nuvem de fumaça preta idêntica à de estorninhos, compondo o movimento ritmado. E abaixo as crianças agarradas às pontas com a cabeça erguida e os olhos em direção à nuvem de pássaros. Aos poucos, a fumaça preta se aproximou das crianças.

A ventania levava as taquareiras com as crianças para um lado e retornava, e os pássaros imitavam o movimento. As duas imagens e as gritarias misturavam-se, parecendo únicos, imagem e som.

Percorreram um semicírculo por trás das casas. E logo teriam o fundo da igreja como referência, onde poderiam avistar o túnel. Andam mais 200 m para chegar ao túnel formado por arbustos verdes retorcidos. Perceberam um vulto em direção ao pátio da igreja. Espionaram, cuidando para não serem notadas. Mas o vulto desapareceu sem que notassem o que realmente podia ser. Tainá toma a frente para retomar o caminho.

Elas sorriam. Além de inédito, o lugar transmitia a sensação de paz. Um arco natural protege a ação direta do sol no verão e impede a entrada do frio e das nuvens de neve que rondam a entrada no inverno. Pareceu mágica, mas sumiu o cansaço, o movimento acelerou e logo as deixou em frente à casa de Samantha. Tainá, incrédula, já notara a diferença, pois até o momento não ocorrera nenhuma demonstração de espanto.

Bateram na porta. Assim que se abriu, uma onda de alegria tomou conta das adolescentes. Tainá, imóvel, só observava as reações.

— Show, show... a tua avó — gritavam e batiam palmas ao mesmo tempo. — Tainá dividia o olhar para as amigas e para a avó. As amigas surtaram com as vestimentas. — Que maneiro o casacão, o chapéu pontiagudo e a maquiagem verde-clara, as botas bicudas.

Tainá surpreende-se ao ver a química entre a avó e as amigas.

Samantha mantinha a panela enorme no fogão e volta e meia mexia em círculos com a colher de pau. Quiseram saber se era alguma poção e pediram para experimentar. Sob o olhar perplexo de Tainá, Samantha alcançou a cucharada para as adolescentes. Convidou-as para sentar nas cadeiras que rodeavam a mesa enorme em formato de losango, que tomava o espaço do porão da casa.

Elas se viram nos espelhos espalhados pela casa em imagens vestidas de bruxinhas. Bárbara com a escova alisava os longos cabelos quando dois gatinhos siameses aproximaram-se e sentaram-se em seu colo. Samantha disse-lhe que era uma bruxa, pois gosta de animais, e os gatinhos retribuem. Durante os trabalhos percebeu que todas agiam por instinto e satisfação.

Samantha desvendou os sinais de que era uma bruxa pelas histórias contadas pela família. Os ensinamentos eram passados oralmente através de fábulas. Identificadas com a bruxa, antes de saírem as amigas de Tainá pedem se poderiam retornar.

— Exijo que retornem e da próxima vez para passar o dia inteiro — cobrou Samantha.

As amigas curtiram a caminhada na natureza, a casa da bruxa e ficaram mais próximas de Tainá. O retorno pelo túnel levou a metade do tempo da ida. Comentariam a respeito, mas ouviram vozes e decidiram ir na direção de onde vinham. Concentradas em não fazer barulho e manter os olhos atentos para enxergar quem estivesse por ali. Tainá nas pontas dos pés consegue enxergar Simone de mãos dadas com o Bento embaixo de uma sibipiruna. Leva a mão à boca para prender o riso. Correram os olhos e riram em silêncio até caírem lágrimas.

Simone e Bento dirigem olhares para onde estão, mas não veem nada, pois já se agacharam. Prosseguem de mãos dadas na floresta.

Levantam-se de onde se escondiam e seguem espiando. Quando iam se beijar, Sarah, mesmo com a boca fechada, deixa escapar um grunhido que chega aos ouvidos de Simone e Bento. Voltam para verificar, mas encontram um javali, que foi o que Bento pensou estar por ali.

— Deve ter grunhido ao notar nossa aproximação.

Permanecem acocoradas e sem respirar rente de onde Simone e Bento pararam. Não aguentariam mais, mesmo com as mãos apertando as bocas não conseguiriam segurar o riso e a respiração já faltava. Quando se afastaram, foi aquele ufaaa...

Mas a esperta Simone ainda ficou por alguns instantes caminhando em círculo, o que fez com que recuassem e fizessem a volta por trajeto distante do local. Quando passavam na frente da igreja viram novamente eles de mãos dadas. A situação constrangia apenas Tainá e as amigas, pois comprovaram que Simone não se importaria de ser vista com o padre, seja na floresta ou na frente da igreja.

De volta à rua, as amigas de Tainá vangloriavam que a bruxa fazia poções, voava na vassoura que espalha uma trilha de fumaça. Tomaram xícaras de poções e foram transformadas em bruxas, reveladas nos espelhos espalhados pela casa.

Tainá comenta com John o resultado da visita à avó:

— Acredita que espalharam que a avó faz poções e até faz ressuscitar pessoas? E são bruxas porque gostam de animais, da mãe natureza e cresceram ouvindo histórias dos pais e avós. Ainda os espelhos da casa da vó revelaram elas como bruxas.

Tainá faz um silêncio...

— E também estou começando a acreditar que sou bruxa... — John, que até o momento ouvia calado, rindo interfere:

— Tainá, ótimo que acreditem que são bruxas. Servirá para algo que planejo.

— O que pensa fazer, então? — indagou Tainá.

John explica seus planos:

— Descobri que Simone receia a tua mãe e a tua avó e os poderes de ambas. Nem vamos discutir quais poderes, pois interessa é que ela tem medo. Deixa espalhar que Samantha ressuscitou as crianças para contar a verdade. Simone tem culpa no cartório e junto com o juiz ficarão aterrorizados.

— Preciso descobrir os motivos do silêncio da família. Quero saber se a igreja está por trás da riqueza. Eles contaram com a ajuda da polícia e a força da igreja para abafar o sumiço das crianças.

Após ouvir os planos de John, Tainá comenta o flagra que deram em Simone, no meio da floresta e na frente da igreja. Depois, com o ar de espanto, bate no braço de John.

— Eu vi um vulto. Parecia o lobisomem.

John não se contém e começa a dar gargalhadas.

— Que é isso, agora é o lobisomem depois das bruxas?

Tainá não gostou, se obriga a morder o lábio inferior e desfere tapas no ombro de John. Para quem está acostumado a enfrentar pancadas de braços de ferro, os tapas da Tainá eram tapinhas de amiga.

Furiosa, o repele por não acreditar em nada:

— Não acreditas nas igrejas, nas bruxas, no lobisomem? Ateu, devoto de São Tomé… tudo junto na mesma pessoa. Que coisa, imagina se iria inventar a história.

— As amigas também viram? — John, ainda rindo, indagou.

— Não chegaram a comentar e nem sei dizer se viram, pois tentei retirá-las rápido para entrar no túnel. Pensei que pediriam para voltar caso vissem o lobisomem.

— Então é criação da tua mente. No instante devia estar com medo.

Tainá ergue as mãos abertas na altura do ombro, como quem desiste, e sai porta afora; antes de fechar o portão, acrescenta: "Larguei você".

Tainá já se encontra em casa sentada no quarto, e ouve o burburinho de conversas e passos aproximando-se da porta. "É Tainá, é Tainá."

Abre a janela ao lado da porta da frente e vê as amigas vestidas de bruxinhas. Não consegue segurar-se e após alguns minutos sai à porta usando a capa preta por cima do vestido bege, o chapéu preto, sapatos pretos; carregara a maquiagem no rosto e trazia a varinha à mão.

As bruxinhas deliram.

— Então vem com a gente?

— Somos as bruxas da Rua. — Permanecem por um bom tempo em frente à casa. E Tainá, no íntimo, torcia para que Malik aparecesse e a visse vestida de bruxa.

Domingo, dia de festas na Rua. Os moradores vestiam as roupas do dia a dia. Mas Tainá e amigas precisavam homenagear a bruxa Samantha. Quando chegaram as bruxinhas, formou-se o alarido.

Simone se aproxima feliz ao vê-las.

— Lindas bruxinhas. Mas por quais razões estão vestidas assim?

— É em homenagem à bruxa Samantha. Visitamos ela na cabana no meio da floresta. Ela fez poções e demonstrações com voos na vassoura. Os poderes dela podem ressuscitar pessoas.

— A bruxa pediu para voltar e passar o dia inteiro com ela — disse Bridget sem pausa para respirar.

— Não precisa dizer quem é Samantha, pois conheço bem ela. Somos amigas — disse, calmamente, Simone.

— Pois é, John pediu a ela para ressuscitar tuas netas. Sabia disso também? Ele precisa saber o que ocorreu com as crianças e o local onde estão enterradas. E a bruxa disse que já sabe o que ocorreu e onde estão os corpos — disse Sidonia após avançar o passo em direção a Simone.

Simone ficou como se todo o sangue do corpo viesse para o rosto. Colocou o pé direito à frente o máximo que pôde, e fez o mesmo com o esquerdo. Acelerou o ritmo durante o caminho com uma corridinha. Fechou o portão como se pretendesse mantê-lo fechado para sempre. Ao entrar em casa, puxou a porta e deixou a janela da frente chacoalhando por segundos.

# 29

Era sábado, às 18h30 e Malik permanecia no bolicho há mais de uma hora. Pedrada, empregado do general, já passava da quinta dose e decidiu se aproximar. Bate com a mão direita com força no ombro de Malik.

— Quero lhe pagar a bebida.

Malik agradece, e renuncia a oferta. Pedrada, rindo, estica o braço com o copo na direção de Malik. Insatisfeito, bate novamente no ombro.

— Gosta de jogar cartas então, hein?

Malik deu um passo atrás, e abriu o casaco mostrando as duas pistolas na cintura. Os olhos azuis ficaram sem se mexer fixados em Pedrada, como o predador na presa. A testa franzida e os lábios contraídos.

— Deixa te dizer que gosto mesmo é de surrar pessoas enxeridas...

Pedrada avança e lhe atira o copo com a bebida. Malik saca a pistola com a mão esquerda e o tiro destrói o copo, cacos saltam para os lados. Pedrada parte para agredi-lo, sendo necessário o tiro que lhe acerta a testa.

Malik saiu para fora do bolicho. Sr. José correu a avisar o general, que ligou para o delegado. Começou a procura por Malik, primeiro na casa n.º 19, onde foi informado que ele havia saído para a Rua. O delegado desce à casa dos Adotter para obter informações. John o recebe e, assim que Ravi pergunta sobre Malik, ele pula o portão e encara o delegado: "Não sei, mas mesmo que soubesse não diria". Encaram-se, mas foi só por breve instante, e o delegado tratou de se retirar rápido para o carro.

Az de Wallett aonde chegava intrometia-se nas conversas, embalava a terceira marcha e não tinha quem o fizesse parar. Sempre disposto a impor as ideias mirabolantes. Engraçado é que nunca fizera uso delas, pois — pelo menos é isso que os moradores sabem — tinha a casa de jogatina proibida pela polícia, justiça, moralidade religiosa. Era uma pessoa com quem Jonh nunca conversava. Malik, apesar de participar dos jogos, também pouco o considerava, porque via as armações para a casa sair ganhando. Como nenhum dos dois amigos o suportavam, o destino já estava traçado.

Desde a chegada tratou de conhecer os moradores e identificar os viciados em jogatinas. Identificados, enviou convites para jantares no galpão. Era o meio de atraí-los ao lugar, e depois do jantar regado de copos de vinho davam início aos jogos. Os jantares atraíam os jogadores compulsivos, pois os convidados eram selecionados conforme o grau do vício. Bastava jogar as cartas na mesa para buscarem os lugares.

Desconfiava de John e Malik por denúncias dos carteados oferecidos aos viciados. Mas era a fábula interna de Wallett, pois nenhum deles tinha interesse contrário à casa de jogos. Porém, sabiam que quem fazia a denúncia era o delegado, que participava dos jogos. Quando perdia, se socorria da carta na manga para reaver o montante. Os amigos riam porque poderia desconfiar quem era o denunciante pelo valor arrecadado e os policiais da delegacia — onde trabalha o colega e amigo Ronan — que efetuavam as batidas. A busca mínima era o valor perdido pelo delegado.

Parecia querer ignorar a fúria por dinheiro dos participantes da mesa de jogos: Simone, Heitor, Ravi, Alister. Os policiais se revezavam e em cada batida levavam vultosas somas como multa. Porém, não lacravam o local nem destruíam os materiais de jogos. Era a permissão tácita, e os jogos prosseguiam noite após noite.

Ao final das corridas, quando John cruzava a frente da casa, ficava a chamá-lo. John ouvia-o esbravejar contra a amizade com Armindo. Precisava retornar e dar-lhes uns diretos... Porém, tinha certeza de que a provocação era a mando de Simone.

Mais tarde, os jogadores cercavam a mesa para começar o jogo. As cartas distribuídas, quando ouvem o ranger da porta abrindo e a pisada firme das botas no assoalho. Wallett levantou o olhar e não gostou nada do que viu. Pressentiu a noite complicada ao ver o Malik. Ficaram a espiar a porta com a expectativa da entrada de John. Wallett tinha em mente que ele vinha para verificar o que ocorria durante os jogos e repassava ao John. E depois planejariam algo para acabar com os jogos.

Precisava aproximar-se deles e oferecer um presente com a promessa de não aprontarem na casa. Porém, não lhe davam chances.

Durante o caminho até a mesa comprida, dera batidas com a bota esquerda no assoalho.

— Que tem embaixo que parece firme? — Repetira as batidas.

— Ainda descubro o que tem nesse porão — disse em tom provocativo.

— Com licença — acrescentou já levando a mão à cadeira em torno da mesa. Malik levanta-a do lugar e a põe rente à do Ravi.

Espicha o pescoço e com a boca quase colada ao ouvido do delegado:

— Soube que andava à minha procura. Quero saber do que se trata?

Ravi, querendo demonstrar autoridade, tentou subir os ombros e estufar o peito, mas diante da presença em cima de Malik permaneceram caídos. Apenas diz: "Preciso conversar contigo outra hora, se possível na delegacia".

— Por que na delegacia, se quero que seja aqui?

O delegado tentou de toda forma não demonstrar o déficit psicológico pela presença marcante, e desconversou:

— Aqui estamos jogando. — E pediu para distribuir cartas a Malik.

— É o meu convidado.

— Delegado, quero que use o mesmo exercício de raciocínio que a corja usou para livrar o Wallett.

O delegado, trêmulo, consegue dizer:

— ...sim ...sim. — Com o olhar direcionado a Malik.

— É como penso, mas vamos conversar direito na delegacia. Amanhã mesmo já damos por encerrado.

— Preciso que seja agora. Quero a palavra que dará por encerrado o caso. Depois você escreve no papel e manda o teu comparsa trazer na minha casa que eu assino. — Ravi assentiu com a cabeça, e acrescentou: "No bolicho viram Pedrada atirar o copo com bebida e depois tentar lhe agredir".

# 30

Agenor chega à casa de Heitor com a caixa enrolada em papel para presente. Heitor o cumprimenta e chama Helena. Sabedor de antemão que a esposa adoraria ser a primeira a ver o que havia dentro, coloca o presente em cima da mesa. Helena desenrola com cuidado para manter intacto o papel vermelho-rubi com pequenas listras douradas. Quando enfim a caixa fica aberta, abre um sorriso e agradece a Agenor. Segura-a com as duas mãos e com olhar fixo para a peça de arte diz: "Vaso lindo, magnífico. Colocarei ao lado do gato preto".

As peças criadas por John tinham valor inestimável pela raridade. Porém, o gato preto, além da arte, ainda tinha valor sentimental. John precisava encontrar as cerâmicas, mas nem de perto fazia ideia de quem as furtara.

No íntimo, Agenor queria com a atitude de bajulador colocar-se próximo ao grupo e fazer parte da máfia. Mas que papel pretende desempenhar no grupo ainda não se sabe.

Dois grandes problemas representa o bajulador. Busca algo internalizado e que poderá representar perigo para o adulado e também causar problemas ao entorno. As atitudes são motivadas por planos secretos, e o adulado precisará tomar as cautelas para se antecipar ao almejado. Senão poderá ser tarde demais. Os agrados têm finalidades escondidas e ao se exteriorizar geram contratempo ao adulado.

# PARTE XIII

# As perseguições

# 31

John vivia focado nas artes, na vindima e na rotina de atleta. Apartado do que ocorria fora desse mundo. Porém, determina-se a entender o que está por trás das perseguições.

O casal Marin pressentia que seu espírito indomável e justiceiro o levaria a investigar o desaparecimento das netas e roubo do ouro do território indígena. Vigiava-o nas corridas diárias e nos passeios ao casarão.

Ao mesmo tempo, o grupo tem interesse em se apropriar da área da vindima. Corre a história pelo bolicho e pela barbearia de que o bisavô de John construíra a casa e o galpão e adquirira o maquinário após ter encontrado ouro no local.

Os integrantes criticam a falta de visão, "querem possuir riquezas só com o suor do trabalho". Indigna-se por "não usarem a cabeça para explorar o ouro, ali ao seu alcance". Alegam que tiveram que vir de outra província para praticar a livre exploração ou, como discursam para o povo, a iniciativa privada, como se queira. O primogênito, pai das crianças, adquire propriedades e troca de veículo a cada ano. E ampliam os investimentos para o ramo imobiliário, fazendas de gado e o comércio.

Persuadem Lucy, a amiga de John com algum poder na Rua, com a proposta para expandir bolichos pela província. Lucy aproveita o bolicho lotado e incentiva os clientes a participarem das missas e entrarem no grupo de religiosos. Simone a escolhe para organizar as procissões. A ligação com a igreja se intensifica, tornando-se influente nos eventos. E a cada procissão, ao lado de Simone e de Marin, inaugura um novo bolicho.

John exercitava *jabs* e chutes no saco de pancadas e seguia os treinos de tiro ao alvo entre a sibipiruna e o galpão. Porém, nas corridas, quando começa a subir as escadas para chegar à base e exercitar os polichinelos e os agachamentos, dá de frente com os três grandalhões do Neko. Marcio Orelha tinha fama de quebra-ossos, Caio Nena era o "professor", e Oreka retirava o canivete do bolso e passava-o de mão em mão.

Dirige-se ao Agenor e o pressiona para aproximá-lo do policial Mill, amigo íntimo. Agenor marcara um churrasco com a finalidade. Ocorre que o policial recebia propina do grupo e tinha entrada livre com Simone.

Marin, pelas bajulações de Agenor, sabia que ele queria fazer parte do grupo e tenta atraí-lo com a promessa de participação direta nos projetos. E o grupo ainda adquire o estoque de artes que estavam nas prateleiras sem girar, elevando o patamar financeiro da cerâmica. Após novo cenário financeiro, Agenor mostra-se um fantoche nas mãos da organização e chama John para a conversa em pleno horário de expediente.

— Muitas coisas acontecem sem que tenhamos força para mudar os rumos. Todos sentem a falta das crianças, e a polícia cumpriu o dever. Era melhor deixar de lado para não arrumar encrencas.

Heitor e Marin alertam ao grupo que era preciso vigiá-lo com o grupo do Neko e os soldados. Articulam bater direto no coração dos Adotter. Era necessário algo que atingisse John no que ele mais prezava. Marin e Heitor reúnem-se para comprar a vindima e pesquisar a existência do ouro comentado pelos moradores. Criariam a estrutura inovadora e o tratamento adequado à produção desde as escolhas das uvas e, nas demais fases da vinificação. Mas o que havia por trás era o plano para derrubar a marca e forçar a venda da empresa. Depois, explorariam a área com maquinário de ponta para encontrar o ouro.

A caixa de cartas presa ao poste de suporte do portão da frente da casa dos Adotter continha envelope branco com a listra fina dourada no entorno e no canto direito a marca "Cerâmica ME". John abre a parte superior do envelope e retira a carta. Ao ler corre aos fundos do pátio, entra no galpão, segue direto ao local em que está o saco de areia e desfere socos e pontapés. Sai fora do galpão, vai direto à sibipiruna e soqueia o tronco da árvore até as mãos sangrarem.

A despedida o atinge no coração. Lembrou quando corria para cuidar a cerâmica e protegê-la de qualquer movimento estranho. Deixava de lado o que fazia e saía em disparada à hora que fosse. Ouvia com empatia a história de abandono dos filhos e o apoiava. Considerava-o um amigo e aliado para lutar ao seu lado. As subidas e descidas das escadas da igreja reforçavam o coração e os pulmões. Mas o contato diário com a argila, trabalhá-la para produzir as cerâmicas era a paixão. Lembra as artes raras que criou.

Adequado ao espírito selvagem, Agenor ignora os amigos. Abandona o convívio diário com os dois que o protegiam. A dependência de Malik e John desaparecera. E participa ativamente das reuniões para tirar a vindima dos Adotter. A transformação financeira também era visível. Ele desce a Rua com automóvel do ano, os cabelos pintados e cortados, barba aparada, roupas de marca.

John pensa como Agenor conseguiu enganá-lo. Como não precisa do amigo leal, integra o grupo que deseja destruir a família. Agenor traiu também a si próprio. Caiu no encanto da vida melhor e não ligou para o custo que isso significava.

Porém, a tentativa de destruir John, ao contrário do planejado, o empurra de vez a investigar. "Agora preciso descobrir os planos dos Marin. Qual foi o preço do silêncio." John investiga o roubo do ouro indígena e descobre que querem se apropriar dos imóveis da Rua. Precisou voltar para a vindima. No interior do galpão prega na parede uma folha com os nomes: Simone, padre Bento, juiz Marin, general Heitor, AZ de Wallett, delegado Ravi, Alister, pastor Zé L. Embaixo estava escrito: "Inimigos Públicos".

Malik entra no galpão, parou rente onde se encontra o saco de pancadas, e fixa o olhar em direção ao cartaz. Depois de alguns segundos, arremessa dardos em cada um dos nomes.

Embaixo da sibipiruna, curtindo a calmaria dos parreirais, John reflete sobre o sumiço das crianças. Sem a dupla jornada, terá o tempo que precisa para desvendar os planos de Simone. Acredita que depois tudo virá à tona. "Quero investigar mais do que tudo." O caso o arrasta, já foge ao seu domínio. "Mas preciso trabalhar sem ninguém saber."

Porém, o grupo segue atento à disposição anímica de John. Após duas semanas na vindima, encontra uma carta na caixinha, com seis folhas, em Arial 12. "Foram designados os melhores policiais para desvendar o caso, sem ser descoberto nenhum vestígio." E havia o pedido implícito para abandonar a ideia de investigar por conta. "A polícia já fez a parte dela e você não é a polícia."

O general Heitor se aproxima de Adotter. Visita a vindima para levar uma proposta de compra da área. Estacionara o BMW em frente à casa. Chega ao portão e o cumprimenta. Segue o ritual de todo começo de conversa. Mas Adotter pressente as intenções. Convida-o para entrar, mas mantém o portão semiaberto. Heitor, determinado, entra assim mesmo. Seguiram caminhando em direção à sibipiruna.

Adotter coloca uma brincadeira na conversa para manter distante o que pretende o general. Conta que o cunhado causa-lhe prejuízos, pois bebe a metade da produção. E o restante mal dá para as encomendas. Param em torno da sibipiruna. Adotter passa o pano com álcool sobre a mesa e convida Heitor para sentar.

— O lugar visto daqui de baixo da sibipiruna é mais interessante ainda — observou Heitor.

— Passamos mais tempo aqui do que em qualquer outro lugar quando estamos fora do trabalho.

— Compraram com a estrutura ou construíram depois? .

— Quando o bisavô veio para o lugar, não tinha nada.

Nesse instante ouvem-se tiros vindos do interior do galpão aberto. John e Malik atiram um no outro. Adotter, acostumado com os dois, olha com o canto de um dos olhos e gira somente a metade do pescoço. Tiros ricocheteiam nas paredes do galpão e passam zunindo onde estão.

O general tenta passar despreocupação, desconversa e continua a elogiar a propriedade, a sibipiruna. Mas por pouco tempo. Aumenta o tiroteio e passam raspando... Ele saiu de fininho sem delongas e esquece de apertar a mão de Adotter. O olhar saltado em direção aos atiradores, que aceleram o tiroteio, e os tiros cruzam rente ao general.

Trazia uma estratégia pronta, porém não conseguira sequer esboçar o plano. Durante o retorno imagina que precisa procurar intermediários desconhecidos para comprar a propriedade. Ao entrar na garagem, fez o entorno do BMW, para abrir a porta de entrada, e percebeu vários furos de balas que danificaram a lataria. Indignado, esmurra a parede da garagem e descarrega a fúria com palavrões:

— Desgraçados, malditos sejam.

Diva vai ao encontro de John e Malik.

— Vocês estão loucos? Onde se viu isso? Correr as pessoas que vêm nos visitar.

— Calma, Dona Diva, foi por puro acaso, ou acha mesmo que somos tão bons a ponto de fazer as balas baterem nas paredes e de tabela passarem próximo ao general? E ainda perfurar a lataria do carro? — questiona Malik. E os dois ficam às gargalhadas. Diva teve que rir. Saiu dando com os braços, chamando-os de malucos, com o Miau correndo atrás.

— Ouviu o que disseram? Foi puro acaso e não queriam assustar nem encher de furos o carro do general — agitada, dirigiu-se ao Adotter.

Este parou de roçar as guanxumas próximas à casa, virou-se, escorou a mão direita na foice e a resposta veio através do olhar e o ranger de dentes. Gestos que somente a esposa consegue interpretar. Diva move o corpo em direção à casa e bate a porta com firmeza.

Adotter ainda continua a grunhir:

— Esses dois... — Mas ao olhar ao lado, vê o tio Pedro empinando o garrafão. Solta outro grunhido, porém mais alto... E complementa sacudindo a cabeça: — Esses três... ainda me deixam louco.


Heitor procura o padre Bento e tenta convencê-lo a adquirir a vindima. O padre planeja visitar os Adotter no outro dia. Veste a batina usada quando reza as missas. Começa a descida e faz uma visita de duas horas na casa n.º 976. Devidamente combinado com Simone o horário em que o juiz estava fora. Sai de cabelo lavado e deve ter tomado também seu chá predileto. Simone o acompanha ao portão com direito a mais meia hora de conversa.

Ao chegar à frente da casa dos Adotter, faz a volta e estaciona a Brabus XLP 900 6x6 Superblack próximo ao portão. Bate palmas e aguarda alguém aparecer. A primeira a surgir é Diva Adotter. Depois de cumprimentá-lo, coloca os braços firmes em cima do portão, e o mantém fechado. Como a dizer: "Explorador da fé, aqui não és bem-vindo".

O padre elogia a frente da casa; deixa, por instantes, os olhos correrem pela imponência da sibipiruna, o Monumento Maia aos fundos até concentrar-se na vindima e nos parreirais.

Diva Adotter tem a casa às suas costas e a Rua à frente, e somente o padre percebera uma sombra. Fazia piruetas com duas pistolas, girava em torno de cada dedo, em cada mão e depois retornava as pistolas em um por um dos dedos. A sombra se parece com o casaco comprido e o chapéu do estilo *cowboy*. Mantinha a cabeça um pouco inclinada ao ombro esquerdo. Calculara bem a posição solar, pois parecia nítida. E a risadinha antecipa tiros em ritmo frenético em direção... em qualquer direção. O padre sentira algo qual um tufão, ou o estalar de um laço a relho, e sem perder tempo gira o corpo rapidamente, apressa o passo e entra no veículo. Retornou com três buracos na batina e nove perfurações na Brabus.

Ele comunicou ao juiz Marin e ao general Heitor. Simone levanta e diz que comprará a vindima. Alega que sabe como convencer John. Nesse momento os olhares se dirigem ao corpo sensual de Simone, como a arma a ser usada, para indignação do juiz.

O general levanta da cadeira, esbraveja contra John e diz que agirá à sua maneira, pressiona o grupo para rever a estratégia. Disse que dará todo o apoio ao grupo do Neko e aos soldados honrados, patriarcas, para fazerem o que tem de ser feito. Os soldados tinham entrada franca na casa do general. Tomavam chá, almoçavam e dormiam na casa do general. Só saíam quando se aproximava o dia do retorno.

Nas festas e nas reuniões, Helena usava anéis, pulseiras e colar de ouro. E como o general tinha o rabo preso com os soldados que invadiram as terras indígenas e roubaram as riquezas, a mando dele, a esposa fazia a cortesia da casa sem ter com que se preocupar. Simone visitava Helena quando via os soldados chegarem para fazer o serviço de segurança da casa. Revezavam-se, dois ficavam fora da casa e outros dois no interior.

# 32

Eram 18h36. Tio Pedro e Adotter permanecem na casa e na vindima. Terminada a lida, John procura uma das cadeiras debaixo da sibipiruna. Tinha a nítida sensação de algo à espreita, prestes a explodir. É quando observa o tio Pedro andando pela vindima daquele jeito dele. A arma na cintura e a espingarda que carregava eram como adornos, pois dificilmente as usaria, tal a serenidade que irradiava. A presença era cheia de significados, fazia sentir a casa cheia, a vindima protegida, e complementava a convivência. O tempo passado nas campereadas pelo mundo afora deixava um vazio no ambiente. Só preenchido com o retorno. Levanta a suspeita, como conseguira as pistolas, o binóculo, as espingardas. A amizade com o general teria ligação?

Reorganiza alguns detalhes na cabeça. "Preciso refletir sobre Malik e Armindo. Quero descobrir o que sabem sobre as crianças." Anoitece quando se dirige à colina. Monta na moto e, próximo ao bolicho, pende à direita rumo à estrada que vai ao casarão. Desce da moto e, antes mesmo de bater à porta, Armindo apareceu para recebê-lo e olha para o céu para verificar a lua. Desconfia da visita fora das noites de lua cheia. Convida-o para entrar, mas John quer conversar no entorno da casa, onde a luz da lâmpada alcança. Sentam na bancada, colocada entre a porta e próximo à janela.

— A que devo a honra da visita?

— Lembra-se de Isabel e Flávia, as netas de Simone?

— Sim, mas isso tem a ver com a visita?

John pensa, levanta e caminha em direção oposta a Armindo. Retorna, olha-o fixamente, e dispara:

— Sabe algo sobre o desaparecimento delas?

Armindo, surpreso, ficou imóvel, mudou o semblante e permaneceu em silêncio até refazer-se:

— Simone costumava entrar na igreja sem se importar. Mas nesse dia, no mesmo instante que entrara, dois homens a seguem.

Olha para John e levanta. Caminham até o fundo da casa. Prossegue: "Ao me aproximar da igreja, vi a Simone fazer a volta com o carro e entrar pelos fundos. Resolvi investigar, pois há tempo desconfiava das idas frequentes à igreja nos horários em que não havia os sentados. Vi as crianças no carro, mas depois de algum tempo devem ter sentido a falta da avó e pegaram Simone com o padre. Com certeza ela não me viu, pois em completo desespero arrastava as netas...".

O que as crianças viram Armindo também presenciou. Simone arrastou as crianças para sair do interior da igreja. Numa mudança brusca de conduta, reage agressiva. Malik caminhava próximo à igreja quando resolveu chegar, e sem a Potente não a seguiu. Armindo deixara sua camioneta velha na frente da igreja; com pneus carecas e a caixa do motor arranhando, nem teria saída para a Mercedes. O padre permanecera no escritório, e talvez não visse a reação de Simone.

John perguntou por que nunca comentara com ele. Respondeu que se sentira mal por se obrigar a explicar o porquê da visita ao padre. E pela amizade que mantinham. Armindo começa a dizer da relação próxima, que desconhecia.

— Sei que vocês são ateus, mas o padre sempre me colocava pra cima quando comentava a história do lobisomem, já superada com a ajuda dos amigos. Aconselhava-me a valorizar as coisas boas e as amizades.

Após ouvir o que precisava, deu atenção às considerações de Armindo sobre a amizade com o padre e como se sentia mal com a fama de lobisomem. John demonstrou empatia e registrou a surpresa de que tenha se deprimido.

— Internamente me sentia mal com os comentários.

John ouve com atenção até o final e se despede. Pega e monta na moto e retorna à estrada. Ao entrar na Rua, passa olhando o interior do bolicho para ver a Lucy, e antes de chegar em casa resolve conversar com Malik. Tainá o cumprimenta com aperto de mão e beijos no rosto. Indica para passar aos fundos e ir direto à cozinha, onde em frente ao fogão à lenha a conversa rendia. Ao lado do amigo, recebe a xícara de chá pelando de quente das mãos de Tainá. Entre um gole e outro, John levantou as questões de Isabel e Flávia.

Oto alerta para não se envolverem com pessoas que fazem tudo para se dar bem, menos o trabalho sério. Os dois levantam-se e caminham conversando em direção ao fundo do pátio. Malik sabia das idas frequentes de Simone à igreja e a via no carro em companhia do padre saindo para a Rodovia.

— Desconfiava do caso amoroso, na verdade tinha certeza, e naquele dia a vi, bem na hora em que entrava pelos fundos.

Lembra-se do vestido preto curto, o decote generoso, dos lábios grossos pintados de vermelho, e o perfume até hoje lhe chega às narinas.

— Notei que ela estava com espírito de caçadora. Corri à porta da frente. Passei por todos os lugares onde ficam os sentados, e fui direto à sala do padre.

Teve cuidado para não ser visto, escondendo-se na coluna próxima da sala do padre.

— O padre a esperava com a porta encostada. Simone abriu um sorriso quando o avistou, entrou na sala, e se esqueceu de chavear a porta.

John ficou chateado por já não ter comentado. O padre o chamou de Evan e foi amigável. Malik disse ao padre que viu os dois namorando e que Simone arrastou as crianças para dentro do Mercedes. Mais tarde, soube que o padre contou a Simone que ele testemunhou. Simone procurou Malik e os dois se envolveram porque ela queria fazê-lo esquecer a intenção de entregá-la. Além disso, havia o pedido do padre. E alegou a existência de outro motivo, mas resolveu guardar a história.

John ficou intrigado: "Preciso saber o outro motivo". Malik tentou desconversar. Disse um "deixa pra lá". E no momento se desinteressou a contar.

— Quero esquecer o assunto, só interessa à família de Simone.

— Ei, John, mas agora não serei mais amigo do Bento. Coloquei-o a correr da tua casa.

— Ouvi a história. O que mudou?

— Premonição — respondeu Malik.

— Qual premonição? — se interessou John.

— Eles querem acabar com a família Adotter. Não é só com você, não. Precisamos impedir. — Girou a cabeça para o ombro esquerdo e deu a risadinha...

John precisava saber como era o comportamento da carola nas missas. "Comandava reuniões e tomava decisões por conta própria. Ficou à frente das festas e procissões, e a responsável financeira."

Ele ficara perdido na ideia de que Armindo e Malik deveriam apreciá-lo mais. Eles sabiam mais do que pôde imaginar e sem comentar coisas que não precisam ser escondidas. Nada pode explicar isso. Armindo tinha o motivo pessoal que o fazia procurar o padre. Tratou de deixar para ele as inseguranças da fama de lobisomem. E Malik se envolvera com Simone e mantinha amizade com o padre.

Pensa realisticamente. "Malik tem a fama que tem, e Armindo, a ideia de lobisomem ainda permanece na mente dos moradores." Agora entende os motivos de Simone persegui-lo a ponto de querer destruir a imagem para torná-lo sem crédito.

Embora para John, que os conhece, o que eles sabem fosse suficiente, ele se perguntou, o que eles viram, como seria julgado na consciência das pessoas? Eram dois moradores que conheciam os envolvidos e testemunharam o incidente. Mas para evitar complicações ele decidiu encontrar mais evidências para destruir Simone sem os dois amigos.

# 33

Lucy desceu à vindima a procura por John. Quando o viu no galpão, correu em sua direção. Ela mesma fechou o portão. Segurando a mão dele, o puxou para o local onde está a cama e ficam mais de duas horas sozinhos.

Nesse ínterim Adotter força o portão para entrar, mas estava trancado por dentro. Olha para Diva, que abre o sorriso matreiro e corre à porta da cozinha com o Miau atrás.

De volta à sala do escritório, Lucy tenta sensibilizar John para não destruir Simone: "Quero encaminhá-lo na vida; farei o que for preciso para ser bem-sucedido". Propõe a sociedade em uma empresa de cerâmica. John responde: "Somente se retirar o meu DNA e implantar outro, pois não conseguiria conviver com as injustiças". Saem de mãos dadas até o portão da casa, mas o semblante de Lucy acusa o insucesso.

Ao revelar a Simone, assiste a transformação da carola em demônio, brumas escuras da cor de piche apoderam-se do seu corpo e assumem o comando. Em transe pega os papéis que trazia nas mãos e os amassa, bate com a mão fechada em cima da mesa e empurra os livros. Lucy corre em direção ao portão olhando para trás. Desce a Rua com as mãos levantadas e o olhar baixo para ver onde pisa com os sapatos de salto alto. No bolicho passa por Sr. José e clientes sem cumprimentá-los e vai direto ao quarto, onde se encerra.

# 34

Durante a missa o padre questiona a qualidade do vinho Adotter. "Não seguem mais o processo da produção de quando distribuíam vinho para poucos consumidores. A demanda aumentou e deixaram de lado o compromisso com a qualidade".

Precisava acabar com a marca Adotter para diminuir o consumo. Os fiéis seguiriam fielmente as recomendações, e trocariam o vinho, não fosse o Sr. Jerônimo, que, sem perceber o silêncio que se fizera na igreja, esbravejou: "Eu não vou deixar de beber o vinho. Até o padre bebe. Abandono a igreja então."

Nesse momento esqueceram a pregação, e confiaram o olhar ao Jerônimo.

A secretária Eva era uma sentada na primeira fileira e mantinha os olhos fixos em Simone, que auxiliava a missa. "Que diferença de comportamento. Na verdade, quem é ela mesmo? A que corre atrás do padre, a interessada nas finanças da igreja, ou a carola? Ou todas juntas na mesma pessoa? Acho que tanto faz. Desconfio que a carola seja a personagem para entrar na igreja e poder comandar as finanças. Sério que trazia esse propósito desde o início."

Ela acompanha as performances de Simone e fica pasma com a mutante de acordo com as circunstâncias. Mas o que mais a assombra era que, para os demais sentados, Simone era a carola. Tudo se restringia à imagem da religiosa cumpridora de deveres e prestativa para com a igreja. Nenhum dos sentados tinha um olhar diferente para enxergar as intenções por trás da interpretação. Sequer percebiam que era uma representação.

Eva tinha o pressentimento de que se por acaso resolvesse abrir a boca para tentar informar um por um dos fiéis sobre a verdadeira Simone, com certeza fracassaria. Tal a crença ligada à carola e os bons costumes transmitidos aos fiéis. Porém, quando fechava a cortina, surgia a demoníaca, e os sentados não a acompanhavam por trás das cortinas do teatro.

A secretária ficou até mais tarde na sala. O suficiente para ouvir a troca de conversas entre Simone, Marin, Alister, Heitor, Ravi, Az de Wallett e o padre Bento.

— E aí, Alister, como foi teu *office boy* no cartório de registro de imóveis? — perguntou Marin.

— De mal a pior.

— O que isso significa? — resmungou Heitor.

— Está tudo correto com a área da vindima. Estava ilhada até o John Adotter casar com a Diva. A esposa, a primeira coisa que fez foi correr e legalizar a área. Não tem nada de ilegal. A escritura encontra-se no nome do casal Adotter, os impostos pagos e a área delimitada com o trabalho do engenheiro. E também descobriu que não pertenceu ao governo federal, como até eu desconfiei pela proximidade com o território indígena. Não tem nada jurídico que possamos alegar para retirá-los de lá.

— Então terá que ser na marra mesmo — determina Marin.

— E toda aquela riqueza debaixo do nariz deles e os paspalhos nem para detectarem — referiu Alister, com o olho direito inquieto.

Eva em visita à casa n.º 19 para tomar o chá com a Cecília comenta o que ouvira. "O interesse em desapropriar a área era impossível porque Diva deixou o imóvel legalizado. E a área também não era federal como queriam que fosse para retirá-los do lugar. Então não poderão fazer nada legalmente." E o Alister disse que "há tanta riqueza que é possível detectar só com um olho".

Cecília a convida para tomar chá na cozinha. Eva vê as ervas em cima da mesa e pega um chumaço para ajudar a fazer o chá, porém ouve o grito: "Essa aí não...".

— Mas que droga, o Malik deixou misturadas. Tomara que qualquer dia ele tome junto, num instante aprende a deixar separadas as ervas dos chás das ervas venenosas.

— O teu irmão é meio engraçado. Tua mãe nunca disse nada a respeito dele.

— O que diria? Ele tem o jeito dele, mas cursou o ensino médio com ótimas notas. E trabalhava na cerâmica. O seu Agenor vivia elogiando os serviços dele para o pai.

— Ah, bom, então é somente o jeito dele e as risadinhas que me matam de rir.

— Bem que você tem uma quedinha por ele que eu sei, você me contou, lembra? Só cuida para não falar dele perto da mãe e da Tainá que você apanha. — Risos.

— Ah, capaz, a Tainá é linda com aqueles olhos de gato. A família tem o DNA da beleza. Como elas são parecidas! Às vezes desfilam juntas na Rua, dá até pra confundir quem é a mãe e quem é a filha. Samantha e Camila caminhando com aquelas capas pretas e vermelhas por cima dos vestidos curtos salientando as pernas roliças que elas têm... Ah, como são lindas...

— Mas já vi a Samantha transformada em bruxa. Fica horrível com a cara maquiada de cor de abacate e trincada. Uii, os olhos negros e o entorno deles preto que nem carvão. E os cabelos cinza levantados que parece que levou um choque elétrico.

— Ai, fica quieta. Tá dizendo isso só pra me assustar, sabe que sou medrosa.

— Se você nunca a viu transformada em bruxa é porque também é uma bruxa. E você gosta da natureza e de gatos pretos. Sempre que vai ao John o Miau pula no teu colo e você faz carinhos nele. — Risos.

Cecília ri, e prossegue com a intenção de deixar Eva em choque:

— O que dizer do Armindo, com aquela barba que mais parece uma samambaia e os cabelos oleosos quase na cintura. Uii, que horrível! Já pensou ele aparecer na igreja bem na hora que tiver sozinha e se transformar no lobisomem...

— Cecília, quer parar, faz favor. Está conseguindo me deixar em pânico. Tu sabes que tenho medo daquele velho só de vê-lo.

— O pânico é a mais alta escala do medo, sabia? Se continuar medrosa, viverá no espaço de uma caixinha de fósforo. Deveria procurar o psicólogo, o doutor Sidney. Nossa Rua tem de tudo, os problemas e as soluções.

— Como sabe tudo isso? Somos colegas e nunca ouvi comentários dos professores sobre o medo e as escalas.

— Li no livro *Os quatro gigantes da alma*, que a professora Miriam emprestou da biblioteca dela. O autor explica que o medo é imaginário. É uma fábula interna criada pela própria vítima do medo.

— A Miriam está sempre lendo.

— Imagina, PhD em filosofia e sempre renovando a biblioteca.

— Voltando à Tainá, ela deve ser maluca pelo teu irmão. Nunca a vi com outro namorado.

— Aham, tá com ciúmes… Também, o Evan alto e com aqueles olhos azuis, a Tainá se apaixonou. Eles namoram desde os 11 anos e ainda foram colegas desde o fundamental. Imagina.

— Como eles brincam um com o outro, a mãe e o pai adoram ver a Tainá furiosa correndo atrás do Malik. Adoram eles e o John — participou Eva.

— Ah, de mim teus pais não gostam…

— Deixa de ser boba. É claro que gostam também de você, Cecília. A mãe vive comentando como você é estudiosa e é puxa-saco do Seu Oto. — Risos…

— Por falar no teu pai, ele melhorou mesmo com os curandeiros? O que você acha?

— Para ser sincera procurei os dois médicos daqui, mas nenhum daria a mínima se não pagasse consulta e o deslocamento até a casa. E ainda tinham consultas na frente.

— Mas você acreditava que pudessem salvar o teu pai?

— Como disse, não seria a minha primeira opção e também não acreditava, porém o resultado diz por si e fez-me mudar de ideia porque ele melhorou e nunca mais retornou a doença. O pai acredita neles. Dizem que conta muito para conseguir a cura. Também passei a desconfiar que os médicos planejam o tratamento a longo prazo.

— O que quer dizer, Cecília? Explica…

— Embora haja as condições da cura na primeira consulta do paciente, eles ficam remarcando consultas para mantê-los reféns do tratamento prolongado com a finalidade de manter pacientes para o resto da vida e dando lucros. Me diz, em quem confiar? — conclui Cecília.

— Nem fala isso, lembrei que tenho um monte de coisas pra te contar da falsa carola. — Risos.

Oto junto com Milla e os filhos Jonathan e Cecília descem à vindima no sábado, ao escurecer, atendendo ao convite dos amigos Adotter.

Diva vem atendê-los. E dá falta do Malik.

— Aquele ninguém sabe — diz Cecília, rindo.

— Esses dois vivem se pegando, parecem cão e gato. Mas quando um sai o outro sente a falta. — Risos.

— Onde está o Adotter? — pergunta Oto.

— Já está embaixo da sibipiruna esperando vocês para conversar.

Oto sem perder tempo foi ao local, pois sabia que Adotter gostava de prosear por lá e também adorava sentar ao redor da mesa. Ao avistar tio Pedro grudado com o garrafão, quis saber se era o mesmo da outra vez. Risos.

— É o centésimo depois daquele — zomba Adotter.

— Nas minhas contas, erra por um. — Risos.

— O vinho Adotter é só vitamina, faz bem ao coração e nem consegue mais me deixar tonto. As gargalhadas contagiaram até quem ficou na casa.

— E o Malik? — indagam ao mesmo tempo.

— Deve estar lá pela Tainá, no bolicho, na barbearia, na Samantha, nos curandeiros, no Heitor, na Simone, no Ravi, no Alister, no Bento, ou em todos, quem é que sabe? Ele visita um por um aos finais de semana. Isso é sagrado.

— A Cecília já está uma moça, cresce mais que taquara.

— Minha irmã não é taquara. Risos.

— Esse é defensor da irmã... Cresceu agarrado à Cecília.

— Qual idade ele está?

— Quatro.

— Já tá um homem formado. Tem que começar a dar tiros pra ver se sai bom que nem John e o Malik.

— Não gosto de pistolas. Gosto de brincar com meu carrinho e dos livros da Cecília.

— Livros... não deixa de ser uma arma — afirmou tio Pedro.

Diva havia convidado Cecília e Milla para passarem na cozinha, enquanto os homens estavam à mesa da sibipiruna.

— A Cecília recebeu a amiga Eva para tomarem chá juntas e, imagina, foram a noite conversando. A Eva ouviu o Alister dizer que a vindima é coberta de riquezas e o grupo está desesperado para adquirir a área, mas encontra resistência. O que deu pra entender é que ainda não agiram porque eles temem o John.

— Ah, que isso?! O avô do Adotter provou que não existem mais riquezas aqui. O que tinha ele encontrou e construiu a vindima aos poucos. O que o Alister sente através do olho biônico dele é o efeito da energia do Monumento Maia, que nem precisa ser o eu robô que nem ele pra sentir. Basta se aproximar do monumento que sente o magnetismo.

— Foi o que o Oto disse, que conheceu o avô do Adotter e sabia que tinha revirado a área com máquinas em busca de mais riquezas e nunca encontrou.

— Imagina se depois de ter encontrado, logo que chegou, não iria revirar a terra para encontrar mais. E se iríamos trabalhar pesado, suando todo santo dia se tivesse mais ouro. Sentindo que Milla estava satisfeita com a resposta, Diva muda de assunto:

— E o Malik, por onde anda?

— Imagina se estivesse em casa se não iria querer vir visitar vocês. Ele adora todos. Como são amigos ele e o John.

— Nem diga. Vizinhos que cresceram juntos, colegas de colégio e de trabalho.

— E não desgrudam um do outro. O que um pensa o outro pega e faz — complementa Cecília.

— O Malik adora o John, faz tudo pra agradá-lo.

— Eu amo as risadas dele. Ele diverte. E o John é sério que nem o Adotter. — Risos.

# 35

À tardinha John decidiu correr até o lago. No caminho rememora Tainá: "Simone e o padre de mãos dadas na floresta e depois na frente da igreja", e as "bruxinhas" fizeram o favor de deixar a preocupação na cabeça de Simone de que a Samantha ressuscitará as netas.

Dessa vez chegou sozinho, mas o Neko e a turma de velhacos se instalaram no espaço próximo. Armindo, assim que descobriu que ele estava no lago, pegou as linhas de pescar e se juntou a ele.

Malik não se sabe como adivinhou, mas chegou levantando poeira com a potente. A camioneta velha carregava a lona, panelas, bule, chaleira, e o apetrecho que queria saber para que servia. Ao que parece poderá ser transformado em churrasqueira. Puxou de dentro do saco de estopa o colchonete e o cobertor e colocou por cima da lona na carroceria. Planejara passar a noite na camioneta. Deixou mais ou menos encaminhada a cama, se o sono batesse era só pular na carroceria.

Depois, John comenta com o amigo sobre Neko e a turma.

— Preciso saber o que os fez virem atrás e por que olham para o lago sem parar.

Malik retornou a John:

— Quero saber também. Ele repassa ao Neko, surpreendendo-o:

— Ei, Neko. Vocês não têm vida própria ou são retardados? Sempre correndo atrás.

Ainda sem conseguir refazer-se totalmente por ver os dois juntos, responde:

— Gosto de visitar o lago e ficar olhando pra ele.

Foi o máximo que conseguiu dizer. Levantaram-se e aos poucos foram sumindo do lugar. John acompanhou a retirada pelo binóculo até perdê-los de vista. A imagem é substituída por um vulto ao longe, e vem em direção ao lago. Com o auxílio do sistema que amplia o objeto observado, identificara tio Pedro. O cavalo trazia na garupa dois sacos de estopa. Um com as linhas de pescaria, lanterna, a panela, sal, achas de lenha, o saco de dormir com cobertor e a manta velha para se enrolar durante a noite fria, no outro os garrafões.

John foi juntando algumas pedras do tamanho de uma bola de futebol para fazer o círculo onde colocaria achas de lenha para aquecê-los durante a noite. Tio Pedro já se aconchegou para poder tomar seu vinho sossegado próximo ao lago. Malik retira os materiais de pesca, pega a camioneta e começa a fazer piruetas girando-a sobre si mesma, fazendo círculos na areia próximo ao lago, criando uma nuvem de poeira.

John indignado grita:

— A poeira vem em direção ao acampamento! O que está fazendo?

Porém, sem ouvir ou sem querer dar ouvidos, qual a diferença, ele prossegue. Continuou a dar voltas em torno do círculo criado na primeira volta e deixou o acampamento repleto de areia.

— Tá bem, já pode parar, precisava encher de pó. Era o que queria.

Ficou o cheiro de pneu queimado no ar, e a nuvem alta deixou o local sem qualquer visibilidade.

— Olha as panelas e as roupas de dormir empoeiradas.

— É só sacudir as roupas. E as panelas eu mesmo passo na água do lago, mas depois — Malik riu e atirou-se no colchonete.

Com a potente parada e a poeira baixa, John pega o binóculo, com dificuldade para enxergar algo que se movia no meio da poeira. Aperta o dispositivo noturno e depois de ajustá-lo com os dedos polegar e indicador consegue clarear o espaço. Desabou às gargalhadas, o que ativou a curiosidade do amigo; e John precisou alcançar o binóculo antes que ele tivesse um ataque de ansiedade.

Malik, ao identificar quem se aproxima dá a risadinha que faz tio Pedro, que levantava o garrafão de vinho, dar uma pausa para rir.

— O que vocês tanto observam com o binóculo?

— Vem olhar também. — Tio Pedro não deu a mínima e disse que não precisava olhar.

— Preciso tomar o meu vinho. Por favor, quero que não me atormentem com besteiras.

Tio Pedro não mexeu nas linhas de pesca nem entrou no lago. Permaneceu no meio dos garrafões até o último gole.

No meio da poeira densa, Pedrinho pedalava em uma roda só. Isso que, junto ao guidão, trazia a mochila com os apetrechos de pesca. Ao chegar, acompanha as gargalhadas. Larga a bicicleta no chão e corre ao rio para tirar a poeira do corpo. John sai correndo e faz o mesmo, seguido por Malik. A água salta em Armindo, compenetrado nas linhas de espera.

Pedrinho retorna à superfície.

— Quem foi o maluco que fez a poeira?

John olha para Malik: "Com orgulho apresento o autor da façanha".

— Ele mesmo. O homem que conseguiu a façanha de sujar de poeira o acampamento.

John, com o corpo molhado, lembrou que Armindo e Malik tinham apanhado Simone a arrastar as crianças para o carro; ele suspeitava que Neko e o grupo o tivessem seguido até o lago; e pensou que algo poderia estar escondido no fundo. A resposta curta de gostar de visitar o lago não o convencera. Nunca apareceram nas remadas no rio forçadas contra a correnteza, onde a exigência é alta, e o local mais atrativo.

Malik passa o resto do dia concentrado em adaptar a lanterna tática viking da nova tecnologia para iluminar o mergulho a 30 m de profundidade. Deixaram os botes a remo de lado e trouxeram o barco a motor que os leva ao meio do lago, onde descem a corrente com a âncora. Eles mergulham e procuram por pistas. Reviram o lago e nada encontram. Nem mesmo vestígios. Exaustos, decidem voltar para descansar.

# 36

Pedrinho com a câmera e o microfone escondidos grava Simone e Bento e começa a enviar vídeo e mensagem por e-mail e WhatsApp. Simone, assim que vê as imagens e ouve a própria voz confessando ao padre, perde o chão. O padre tenta retorno e insiste por vinte vezes. Queria persuadir o emissário a fazer qualquer acordo, mas sem êxito. Pedrinho queria se divertir, deixá-los malucos da vida ao assistir ao vídeo.

Ele grava a conversa por telefone, do Marin com o delegado Ravi, que descobrira a semelhança da Diva com a ministra, e enfim poderá parar de tomar os remédios para dormir, pois passava noites em claro com medo da ministra da Rua. Repete o envio da gravação via WhatsApp por dez vezes. E Marin tenta entrar em contato, mas Pedrinho queria era deixá-lo inseguro por não saber quem enviara as mensagens. Os vídeos e mensagens eram enviados pelo celular adquirido somente para fazer as chantagens.

Para o Az de Wallett, a mensagem chegou com uma voz picotada: "Eu sei quem você é de verdade. E o que esconde no porão da casa. É lindo o esconderijo próximo à nossa maior floresta. Estou chegando para iniciar uma amizade face a face... Espere e verá... PF".

Ao banqueiro Alister ameaçou: "Aqui é um dos clientes que você lesou. Brilhante a ideia de se esconder nesse fim de mundo, como você mesmo diz. Porém, saiba que o descobrimos e somos milhares no teu encalço. Em breve nos veremos..."

Pedrinho entrou em contato com Ravi com a voz modificada por aparelho criado por ele. "Colocou os CPFs da família nas maracutaias... Tenho a gravação do jornal de TV com as denúncias de ficar com os objetos de roubos e furtos. A juíza que te prendeu na operação OrangeSoy conhece o teu endereço. Teu destino está nas mãos dela." Assim que desligou o celular, recebeu inúmeras ligações do delegado. Mas agiu como fez com as outras.

"Oi, general Heitor, há quanto tempo não nos falamos. Quero mais armas, vagabundo traidor; furta as armas do exército e distribui aos bandidos a peso de ouro. Agora entendo a vida bilionária... Enviarei à PF imagens que provam que possui armas escondidas. E o que tem no porão do Az de Wallet, são mais armas? Seja o que for, vai ser descoberto bem na hora em que estiver no jogo de cartas..."

A mensagem enviada ao general foi a última. Quando entendeu que os havia deixado malucos para saber quem era o autor das mensagens, foi de bicicleta até o lago e atirou o celular com força para encontrar o fundo do lago. Retorna em alta velocidade, e entra na Rua *fazendo grau* de *bike*, passa filmando a igreja, as casas de Heitor, Ravi, Simone, Alister, Az de Wallett, indo direto ao fundo da vindima.

# 37

John percebeu que os moradores eram envolvidos em alguma atividade, como uma armação para mantê-los ocupados e não refletirem sobre a realidade. Parecia controlarem o tempo e a mente. Enquanto conseguiam desviar a atenção, o desaparecimento de Flávia e Isabel caía no esquecimento.

Sem ligação com o grupo, custara a se importunar. Contudo, Alister nunca esquecera a espingarda lustrada para desistir da vindima. Az de Wallett desconfia que o vigia e envia Malik a casa de jogos para observar o que tem escondido no porão. Simone e Marin têm certeza que ele reabrirá o incidente das crianças. Heitor conhece as amizades de Pedrinho e Malik com os indígenas, e o interesse em defendê-los carregará John. E desconfia que o chefe Yanomami tenha pedido ajuda para combater o roubo do ouro do território indígena. A indisposição em relação à liderança para proteger os moradores e os indígenas aumenta, e eles pretendem armar para John.

Mas ele já chegou ao limite. Deixaram-no irado e o transformaram no maior entrave à continuidade criminosa. John precisa provar como os Marin transformaram a morte das crianças em fonte de lucro. Sabe que, diferente das brigas de rua, precisa lutar pela sobrevivência e salvar também a família. E a estratégia é descobrir algo que os coloque contra a parede. "Quais seriam os pontos fracos da corja?"

Para o inconsciente popular, o padre era correto, a carola mantinha hábitos e atitudes adequadas. John achava impossível retirar da mente dos moradores essas conclusões. Assim, só existia uma saída. Agir à la John.

Os moradores eram usados como massa de manobra pelo grupo. Com quem poderia contar: no íntimo só levava fé em Malik. Mas e as criaturas, serão consideradas? E os criadores se revoltarão contra elas?

As crenças estavam enrustidas no imaginário popular. Ligados ao que viam e ouviam, aceitavam-no passivamente como conhecimento. Mas o que mudaria se o lobisomem fosse real? E as bruxas tivessem poderes, como os moradores acreditam? As crenças existiam. A população necessita crer em algo para se sentir acompanhada, ou seria mal acompanhada?

Para visitar a casa de Samantha era preciso caminhar ao final da Rua e virar à esquerda. Contornar os fundos da igreja e se dirigir para a floresta. Depois de caminhar 300 m entre as árvores verde-escuras encontrará o túnel.

Próximo ao túnel as cumarus caducas, com a cor idêntica ao piche, inerte, acompanham as folhas rolarem aos seus pés, ao sopro de um vento gelado. O ambiente inóspito deixa as pessoas imóveis. Nesse instante, nenhum ruído aporta aos ouvidos. Como em um lugar estranho, ou em uma situação nova, você sobreviverá a três minutos de medo extremo, esperando que o seu organismo se adapte ao ambiente e supere a sensação do medo imaginário. Reiniciando a caminhada nas pontas dos pés, poderá optar pela viagem de meia hora para alcançar a casa da bruxa ou caminhar durante duas horas por fora do túnel. Atravessar o túnel é rápido e retornará na metade do tempo.

Certa vez Malik desdobrara-se para desvendar o evento. Testara todas as possibilidades que lhe vinham à mente. Como última tentativa combinara com a Tainá que voltasse pelo túnel ao sair da casa de Samantha, enquanto ele seguiria a direção contrária. Ambos partiram ao mesmo tempo. Encontraram-se quando ele percorria um terço do caminho e Tainá os dois terços. A explicação ninguém encontrara, o que servira para alimentar as fantasias dos moradores. Correu pelo bolicho e pela barbearia que a bruxa Samantha criara o túnel e depois o enfeitiçara.

John procura por Malik. Oto informa que ele e Tainá foram passar o dia com a avó Samantha. Longe pra caramba. Menos para John, que achou um ótimo motivo para a ecocaminhada. Precisa aproveitar o propósito e se aproximar da Samantha ou da bruxa, quem é que sabe a diferença?

Simone e o padre invejavam Samantha pela popularidade junto aos moradores. Citam o exemplo dos dois curandeiros que passaram a ser mais procurados pelos moradores do que os médicos, principalmente depois de "salvarem" o Oto. Simone lembra ao padre a imagem dos médicos, idêntica ao desenho animado, indo embora da Rua cabisbaixos, sumindo pela província de Odessa só com as mochilas nas costas.

Ele precisa caminhar até próximo às escadarias da igreja, pegar à direita, dar a volta pelo entorno e na altura dos fundos entrar na floresta. Lá desfruta o ar sereno junto às árvores e as espécies de pássaros que dominam a paisagem. "Quero me aproximar do túnel que levará à casa de Samantha pelo fundo da igreja."

Poderá percorrer o interior. Ou continuar costeando-o por fora. Pelo túnel mataria a curiosidade e comprovaria a história contada por Malik. Há tempos queria descobrir. Enquanto pelo caminho de fora teria contato com as espécies nativas, os pássaros e a brisa fria. Como não era nem um pouco místico, preferiu costear o túnel por ser um trajeto longo e puxado. Depois de quase duas horas, enxerga Malik na frente da casa, escorado a uma árvore, que mais parecia as de desenho animado. Toda retorcida, originária de vários cipós entrelaçados. Ele próprio seria um personagem e complementaria a paisagem. A casa era coberta por folhagens escuras, aparecia somente a porta preta e acima a janela verde-musgo.

Esticaram a mão para trás e quando trouxeram para tocar uma na outra fez um estalo. Completam com forte abraço. Nesse ínterim, John sentira a energia às costas, e sacara rápido a pistola, para delírio de Malik, que quase desmaia de rir.

Era a bruxa, ou a Samantha, que surgira do nada?

John com firmeza provoca:

— A senhora quer morrer?

Samantha dá uma gargalhada e grita:

— Comigo ninguém pode.

Jonh respira fundo por duas vezes, e diz:

— Assim espero que seja. Assim espero mesmo.

Samantha fica com semblante sério, fixa o olhar para o rosto suado e marcado de John:

— É, mas com você também… ninguém pode.

— Comigo ninguém pode. — Respira fundo novamente. — É isso mesmo; quero que seja assim também.

Sentados à mesa, John perguntou se os comentários de bruxa eram verdade.

— Eu era rogadora de praga por herança.

— Mas como rogadora de praga?

— Herdei o dom da minha bisavó.

— Ela também?

— Como ela também? Como se atreve?

— Não, não foi isso que quis dizer.

— Minha bisavó era respeitada por todos. Inclusive, autoridades a procuravam só para se sentirem protegidas.

John indagou se faziam sentido os comentários de que Simone a temia.

— Que isso, meu filho? — E sem falsa modéstia responde:

— Todos temem a linhagem desde sempre. No início nossos ancestrais faziam pequenas adivinhações e benzíamos pessoas. Eles ampliaram nossas forças. Durante muito tempo eles insistiam em nos dar poderes. Com o tempo os moradores começaram a confiar e acreditar no poder que eles próprios nos atribuíam.

A bruxa antes de ouvi-lo já sabia do que precisava. Em sua mente o dom premonitório adiantara o desenlace de tudo. Disse que queria enfeitiçá-lo de proteção, mas não seria necessário, e com semblante sério e fixado nas marcas no rosto do John, complementou:

— Se alguém precisar de proteção, não será você. Afinal, nem mesmo participará no que realmente pensas executar. Então tudo será arranjado para que não haja mais conflitos.

John pensou em questionar como isso poderia ocorrer, mas deixou passar e deu de ombros. Sem deixar transparecer, internamente curtia seu momento ateu também em relação às bruxas, ou seja, a nada do que Samantha comentara dera valor. A questão que precisava saber era o temor de Simone, e como Samantha a importunaria. Queria a bruxa ao seu lado, pois precisava ver o resultado psicológico diante dessa temeridade.

Samantha disse a John que tanto ele quanto Malik, embora tenham nascido em nossa época, tinham espíritos que pertenciam ao período do código de Hamurabi, onde tudo se resolvia conforme a lei do dente por dente, olho por olho, e jamais se adequariam à realidade, onde os bandidos reinam com uso de meios sofisticados e sequer enfrentam julgamentos. E as coisas não iriam acabar bem, vendo o desvio da finalidade dos direitos, a exploração indígena, o lucro da família do juiz com o desaparecimento das crianças, a lavagem do dinheiro da igreja e o desvio das doações.

Mais tarde, John e tio Pedro passavam em frente à casa n.º 976, quando Simone espiou pela sacada e, de repente, correu para o interior da casa. Samantha e Tainá se aproximaram de John para cumprimentá-lo. Tainá perguntou por Malik e o tio Pedro disse que viu ele com uma loira. Tainá, conhecendo o tio Pedro, nem esboça reação, apenas dá de ombros.

Tio Pedro pergunta se observaram a disparada de Simone quando se aproximaram.

— Ela teme pouco, perto dos crimes que cometeu e ainda continua cometendo — esbraveja Samantha.

— Posso saber por que ela tem esse receio em relação a vocês?

John, como precisava ir com o tio Pedro até o bolicho e depois queria retornar para ajudar a carregar as caixas de vinho para o local reservado por Adotter, foi logo se despedindo, mas ficaram de se encontrar em breve. No caminho, tio Pedro queria saber por que não deixara Samantha responder. John deu de ombros.

— Por nenhum motivo especial. Tava com pressa mesmo.

John ficara cismado com a beleza de Samantha, quase não acreditava que fosse a mesma pessoa. Usava a bela capa vermelha por cima de um vestido preto curto transbordando beleza e sensualidade. Ele se deu conta de que deveria distinguir a bruxa da mulher pelo menos na aparência...

# 38

À s 4h32, John já abria a porta da cozinha para começar a corrida. Fez o lanche com a batata-doce pequena, meio copo de leite, ovo e a fatia de pão integral e partiu. Ao se aproximar da casa do Heitor e do Marin, sentiu a intensidade das movimentações em direção à frente das casas. Seguiam-no com olhares, alternavam as posições à medida que passava em frente. Nas escadarias da igreja encontra uma cerca de correntes. Na plataforma, a área entre o final das escadas e a porta da igreja, havia três brutamontes vestidos de ternos pretos, com os olhos fixos, sem piscar. Um deles, o mais avantajado, gesticulou com o dedo indicador tal qual um limpador de para-brisa e acrescentou que o padre o proibiu de correr nas escadarias.

John precisava subir as escadas e continuou.

— Quero conversar com você. Sei que está fazendo teu serviço a pedido do padre. Isso nem precisa explicar.

Fez um gesto como se fosse cumprimentá-lo e o brutamonte estendeu o braço com a mão aberta junto ao peito. John segurou o braço e ao mesmo tempo firmou o pé por trás da perna de apoio, servindo de alavanca, derrubando-o em um só golpe. E complementou com um chute no músculo da coxa que o impossibilitou de levantar-se por tempo suficiente para acabar com os outros dois. Investiram ao mesmo tempo contra John, que desferiu um soco na garganta de um e no outro o chute potente na região dos rins.

John, livre dos três, dá sequência à corrida. Chega a base que antecede a porta da igreja. Enquanto exercita trinta polichinelos e vinte agachamentos aprecia o topo da sibipiruna, e o Monumento Maia. Desce as escadas, indiferente aos três ainda caídos ao chão. No retorno passa pelas casas de Marin, Heitor, Alister e Ravi, e vê aumentada a intensidade anímica nos gestos e olhares.

John, incrédulo, que uma pessoa imoral tivesse medo. Samantha durante a visita lhe pedira que antes de executar o que precisava ser feito a deixasse se aproximar de Simone porque "ela merece sofrer e quero deixá-la abalada".

A bruxa usaria seus poderes?

O quarto dia da semana estava perfeito para sair à Rua. Ao começar a subir as escadas da igreja, a bruxa surgiu à frente de Simone. Ela tenta reanimar-se do susto e determina o ritmo da conversa. Mas a bruxa ignora a estratégia e agiu como pretendia:

— Tenho o recado enviado pelas netas. Precisam dizer que estão bem e perdoam a avó. Porém, querem um enterro digno. E adverte Simone que precisa fazer o que pedem as netas:

— Precisa cumprir o enterro, pois elas irão te perturbar nos momentos em que estiver sozinha. E é a oportunidade de se livrar das coisas ruins que estão prestes a se abater sobre você. Simone ficou imóvel com os olhos petrificados. A bruxa queria mostrar que a morte das netas não fora esquecida e que as buscas seriam intensificadas.

— Armindo e Malik testemunharam o namoro na igreja e a viram arrastar as crianças para dentro da Mercedes. E alegam que as crianças aparecem para eles. A consciência pesa e irão procurar o MP da província para reabrir o caso.

"E a verdade dos fatos chegou às mãos do justiceiro que só conhece a lei do dente por dente. Ainda não está claro o que quer fazer, mas em minhas visões está que ele quer fazer. Corre dentro dele a vontade. E vai precisar fazer." Ameaça ressuscitar as crianças para que apareçam durante a missa quando a igreja estiver cheia e contar a verdade, caso ela não organize um enterro digno. Simone tenta demonstrar arrependimento:

— Foi tudo rápido…

A bruxa percebe o déficit psicológico, mas dá de ombros:

— Preferiu ceifar a vida das inocentes pelo orgulho de descobrirem o caso com o padre? O que era segredo? Até o último a saber já sabia. Armindo esperava para receber orientação do padre sobre a fama do lobisomem. Malik a perseguia cada vez que entrava na igreja. E pensas que a secretária acatava teus pedidos para não comentar as saídas com o Bento?

Enraivecida, Simone tenta fugir. A bruxa determina que pare e renova a ameaça de ressuscitar as netas.

— Ainda tens a chance de cumprir o pedido das crianças. E poderá se libertar da bomba que está prestes a explodir. Mostrou, através da entrada de luz formada a partir das mãos, as netas emergindo do interior da terra, envoltas em uma bruma de névoa, próxima à sibipiruna, divisa do internato com a floresta. Simone identifica o local onde as enterrou. A bruxa desejava que ela cumprisse o pedido e seria pega e culpada pelos crimes. "Tenho em minhas mãos a tua derrota", projetou.

Simone desiste de entrar na igreja e, no automático, retorna a casa. Chega ao portão sem se dar conta do caminho percorrido, e puxa-o tão forte que a casa inteira treme ao efeito da batida.

# 39

Os quatro criminosos agacharam-se, escondendo-se na escuridão dos parreirais, e invadem a zona do galpão da vindima. Eles carregam pequenas mochilas nas costas. Abriram para pegar a chave, uma pequena serra para fazer um buraco na madeira, e combustível suficiente para causar incêndio. O plano estava prestes a dar certo quando ouviram a voz estrondosa com chiado metálico.

— Oi, rapazes, o que estão fazendo?

A voz saiu de uma caveira, que desce o Monumento Maia, em direção aonde estavam. Tem mais de dois metros de altura e acima da caveira a vasta cabeleira ao estilo Bob Marley, porém vermelha. Os olhos enormes e saltados brilhavam tal qual a luz de duas lanternas. Emite o berro dos diabos que os faz fugir sem levar as mochilas. O fantasma corre e os segue com o Plik pouco atrás latindo; aumentam a velocidade e o fantasma emparelha.

— Aonde vocês estão indo? Esperem, rapazes!

O pânico os consome por inteiro, e impulsionados pela emoção cada um toma rumos diferentes e, na escuridão, perdem-se uns dos outros. Os quatro fujões deixam as provas do que pretendiam: as mochilas, gasolina, motosserra e as impressões digitais. A gritaria, os latidos do Plik e a fuga acordaram a quem mais dormia pela casa. Até mesmo John, que precisava acordar às 5 horas para correr, já chegara ao galpão. Adotter e Diva perguntam a causa do barulho. Encontram Malik com o pé esquerdo encostado ao galpão, a cabeça inclinada, e solta a risadinha.

— Posso apresentar minha invenção?

Levanta o aparelho com a mão esquerda e aperta um botão, o Fantasma de Ferro aparece aos Adotter.

— Esse fantasma eu criei em três meses. Ficava até a madrugada trabalhando nele. Deixei escondido no galpão esperando a oportunidade de assustar alguém. E hoje precisei montar. Adotter olha para Diva com os olhos sem piscar um segundo, os lábios se contraem e solta aquele grunhido, mas o único efeito foi fazê-la rir. John pede para demonstrar como funciona. Malik liga um aparelho, semelhante ao de porteiro eletrônico, e movimenta o fantasma. Colocou lâmpada de lanterna em cada um dos olhos e na cabeça colou lãs de ovelhas trançadas e pintou com a cor vermelho-rubi para ficar idêntico ao cabelo rastafári. Explicou as características e os movimentos. Implantara o sistema de voz com chiado metálico e diminuía ou aumentava o volume com o aparelho. Tinha o controle da velocidade até 20 km/h. Preso em cima por um cabo de aço que vinha do Monumento Maia até a entrada, e corria em cima de duas botas semelhantes aos patinetes, onde fincou os pés do fantasma.

Adotter novamente olha para Diva, e sai a passos largos em direção a casa. Lava com um pouco de água o rosto e o pescoço e atira a toalha longe.

— Preciso dormir logo, que amanhã não sei nem por onde começar de tanta coisa para fazer.

Diva rapidamente encontra-se debaixo das cobertas rindo baixinho. Adotter, que tinha coberto até a cabeça, destapa-a para dizer:

— Duvido que o teu irmão não esteja por trás. — E cobre a cabeça.

— Que isso, Adotter, Pedro deve estar dormindo. Não viu que o pobrezinho nem levantou pra ver — respondeu ainda rindo baixinho.

Adotter sai de baixo das cobertas, levanta o corpo o suficiente para sentar na cama, olha sério para Diva como dissesse "ingênua". Puxa três vezes o ar pelo nariz, e o solta de uma vez. Atira a coberta para o lado, vai à cozinha fazer café e fica a olhar pela janela.

Enquanto isso, no interior do galpão, tio Pedro, com garrafão já pela metade, Malik, com a taça do vinho, e John acompanham a disparada enlouquecida dos quatro assustados. Repassavam na tela da TV 55' as imagens gravadas pelas câmeras para delírio dos três, que quase desmaiam de rir a cada amostragem. Malik demonstra surpresa com o aparecimento do Plik. "Deve ter se soltado da coleira. O deixei atado no arame do corredor."

— Então, tio, sabia da engenhoca?

— Sim, desde o começo. Não só sabia como ajudei a montar o Fantasma de Ferro e escondia os materiais aqui no galpão.

Bebem e dão mais gargalhadas. John, um tanto quanto intrigado, pensa por um minuto e dispara:

— Mas como sabia que viriam hoje? Parece que já esperava por eles. — Dirigindo o olhar a Malik, que se limita à risadinha e os gestos habituais e toma mais um gole do vinho.

— Parece prever o que vai ocorrer — acrescentou tio Pedro olhando sério para ele.

A tentativa de incendiar o galpão ultrapassara os limites. John investiga e descobre que era o grupo de Neko quem executaria o incêndio do galpão, ordenado por Davis, o filho de Simone. "Preciso encontrá-lo." Descobre que está na Rua. Faz ronda na casa dos Marin. E do interior da barbearia, por trás da janela que dá uma visão perpendicular da Rua, consegue avistá-lo. Estava sozinho, aproxima-se e o cumprimenta.

— Bom dia. Precisava te encontrar.

Davis retribui o bom-dia e pergunta a John se "ainda peleia como antes".

— Acho que sou melhor em dar tiros pelo galpão para espantar incendiários. Quando quiser colocar fogo no galpão, vai tu mesmo. Não precisa mandar a corja do Neko. — John dera um passo na direção de Davis. Mas no instante em que o agrediria chega o tio Pedro, com a pistola STI DVC-L 9 mm na cintura.

— É a última que apronta. — E complementa que era a derradeira vez que o veria...

— Como é a vida boa que arrumou, à custa da vida das filhas?

Davis nem tentou responder, aproveitou a chegada do tio Pedro que o livrara da agressão e fez o que precisava fazer: correu para o interior da casa.

John se aproximou do seu tio.

— Quero saber sobre a vida boa à custa das crianças.

Pedro começa a explicar que Simone namora o padre desde a chegada ao convento. Correm boatos pelo bolicho e pela barbearia de que as meninas presenciaram o namoro na sala do padre. A igreja tomou todas as cautelas para abafar o caso. Davis ganhou boa recompensa para aceitar o fim das investigações, claro que por ingerência de Simone. Os avós passaram a ganhar uma fatia generosa do bolo na fortuna da igreja. Mas é o que se sabe. Até agora a polícia não apresentou nada e não reabrirá as investigações. John pensou: "Quem do grupo contou a história ao tio Pedro?". Tinha vontade de perguntar, mas sempre que estava diante dele sentia que deveria ficar sem se intrometer nos seus negócios.

# 40

Davis vigia a vindima e aguarda quando esteja sem a presença do tio Pedro e do Malik para ir ao encontro de John.

Ele o enxerga próximo à sibipiruna. Porém, encontra John interessado no desaparecimento das crianças. "A situação financeira o fez esquecer as filhas?"

Precisava demonstrar que não tivera culpa no ocorrido. E tenta sensibilizar John.

— Quero dizer que estava na província quando as minhas filhas desapareceram e o que mais queria era estar perto e poder ter feito algo para salvá-las, mas fui informado no retorno. Quando soube, queria atirar-me do ponto mais alto do Monumento. Ninguém mais do que eu quer encontrá-las. Mas acho que levaram para outro país. A polícia fez a parte dela durante seis meses, mas não encontrou nenhum vestígio. Está no relatório no arquivo policial.

Mas John estava naqueles dias em que nada o sensibiliza.

— Preciso saber como adquiriu campos, cria gados, carros de luxo. De onde saiu tanto dinheiro?

John pensou em dizer que mais pessoas presenciaram Simone arrastar as crianças para dentro do carro, porém se segurou.

— Quero reacender o assunto.

Em silêncio Davis baixa a cabeça e força a lágrima, mas ela não vem. Pede a John para ouvi-lo por alguns minutos.

— A Igreja tem poder para mudar a vida de quem quiser. — Davis sente que é preciso citar nomes, além dele.

— Veja os casos da Rua. Por que achas que a família do José e da Lucy Trevo trabalha na organização das procissões? A cada ano eles inauguram um bolicho. E o Lontra, quando vivo, desfilava tranquilo a riqueza. A igreja lavava o dinheiro oriundo do jogo do bicho e do narcotráfico. O Ravi e a esposa ajudam na organização das festas porque recebem a parte do bolo. E quando necessário a Igreja lava o dinheiro oriundo das propinas dos bicheiros e da casa das donzelas. O dinheiro da casa de jogos do Az?

"Eles trabalham com a lógica de que as pessoas querem jogos ilícitos, e eles prestam os serviços. No mundo deles, eles são pessoas boas. E pessoas como você ameaçam o andamento normal do processo. Eles subornam juízes, policiais, políticos... Mas aí aparece o morador com sede de justiça. Isso para eles é uma ameaça séria aos negócios e não deixarão por menos."

John muda a estratégia durante a conversa, pois percebe que Davis estava a fim de contar tudo. O convida para sentar embaixo da sibipiruna. Quis saber da proximidade do padre com Neko.

— Preciso saber o motivo das visitas frequentes à igreja. — Davis esfrega a testa e espreme uma mão na outra. E, estralando os dedos, diz:

— Eles são irmãos.

John nem percebe que exclamou um sonoro "quê?".

— Diz pra quem é do convívio que passou trabalho não por ser pobre, mas por pertencer à família que lhe criava problemas.

Neko era como um andarilho, vivia à sua procura para colocá-lo pra baixo na frente dos amigos. Bento saiu de casa e alugou uma casa que dividia com amigos, mas Neko descobrira o endereço e passava o dia inteiro constrangendo-o para quem estivesse por perto. Fazia-o ir pedir dinheiro no trabalho do pai, e quando descobriu que Bento estava empregado, passou a vigiá-lo e assim que recebia o salário, forçava-o a lhe entregar. Bento com as lágrimas caindo pelos olhos pegava o dinheiro e lhe dava. Neko era o mais velho e prevalecia-se ainda por ser também o mais forte. Quando disparava e caiu no pátio do internato, foi porque criara coragem e negara-se a entregar o dinheiro. Por isso precisava se tornar sacerdote, pois era a chance de poder levar a vida boa.

Neko continua a procurá-lo e ameaçá-lo caso não o ajude nos negócios com o general, o delegado e o Az. E os três o usam para fazer negócios com a igreja, principalmente lavagem de dinheiro, e com certeza ganha a sua parte.

— Mas a amizade com o general é só pelo fato de ser irmão do padre?

— Não, mas ninguém sabe certo. O general e o Neko também devem ter negócios, independente da intermediação com o padre.

— E quais os negócios?

— São armas levadas para os bandidos a preço de ouro.

"Eles conheceram-se por intermédio do Bento, mas depois a amizade correu ao natural. O general se interessa por pessoas como o Neko. Na ativa usava soldados, cabos, sargentos que mantinham contato com indivíduos ligados ao tráfico de armas. Convidava para participar dos churrascos e das caçadas. E depois de firmar a relação de amizade, tratavam de negócios. Isso é direto. Os militares sobem os morros sob a aparência de combate ao crime, mas o objetivo é vender armas aos bandidos. Basta apurar o número de armas no início da operação e comparar com as que retornam.

"As coisas são assim, John, e não é de agora. Sempre foram assim. As instituições precisam manter a aparência, vem de anos. Isso mantém a confiança popular. E aumenta o número de fiéis na igreja e de admiradores do general. No imaginário popular pertencem a instituições confiáveis.

"Mas as atividades do grupo são friamente planejadas para explorar a fé e a crença popular. As vidas deles são distanciadas das aparências que transmitem aos moradores. Precisam preparar-se de espírito para representar quando participam nos eventos com os moradores.

"Viu o sucesso do Zé L. como pastor? A máfia encostou nele para exigir a sua parte. 'A estrutura da Nova Igreja está formada, mudar de pastor é o de menos', disseram ao Zé L. para lhe impor medo."

— E o Zé L. como reagiu?

— Que achas, John, o Zé é cria da malandragem da Rua. Tirou de letra e é mais um dos mafiosos, no jogo do toma lá dá cá.

Davis deixara claro que a máfia explora as riquezas dos territórios indígenas e quer exterminar os moradores para se apropriar dos imóveis. Queriam incendiar o galpão com o depósito de vinho e forçar a venda da área. E o Agenor estava entre os idealizadores do incêndio para destruir a vindima, pois "é a única coisa que a família Adotter possui. Se lhes tirar a Vindima, termina tudo. É como retirar-lhes as forças para viver".

Precisavam fazê-lo desistir da investigação. Querem aniquilá-lo e, para executar o propósito, a família Adotter encontrava-se em perigo real. "Quero fazer justiça. Mas como se um dos membros mais importantes da organização faz parte do judiciário?" Marin, mesmo aposentado, usaria a influência e tudo terminaria como estava. Como reclamar à polícia e aos políticos, se jamais decidem contra os grupos organizados? A ideia de que não era eficaz exterminar os líderes das organizações porque outro na hierarquia assumiria não convencia John. Para ele, os defensores da ideia protegiam a bandidagem em troca de propina. A neutralidade não existe: primeiro escolhem o lado dos criminosos, depois fundamentam que não adianta matar o chefão porque outro assumiria. Mas a tese nascera para fazer valer a inércia contra os bandidos, o que lhes rendia milhões nas contas. Trata-se de manobra para a continuidade das propinas.

Durante quinze anos conseguiram calar milhões de vozes, mataram jornalistas e políticos de oposição por denunciarem as atrocidades e por pensarem diferente. Mas, para proteger as fronteiras e combater o crime organizado, não apresentam soluções.

O próximo na hierarquia assumirá com o déficit psicológico ao saber que será morto. E assim sucessivamente até que ninguém mais assuma o comando da organização. Além disso, os segundos e terceiros não são chefes do crime por nada. Certamente possuem algum déficit em relação ao número um no comando. Exterminar os líderes até enfraquecerem as lideranças. Não existem tantos líderes qualificados no submundo do crime a tal ponto que consigam manter o nível dos que estavam no comando. Internamente tinha decidido qual ação executar para limpar a Rua. John está convicto de que precisa enfrentá-los e queria agir à sua maneira.

# PARTE XIV

# A morte da imprensa

# 41

Correria na rua anuncia o assassinato do Pedrinho por fanáticos seguidores do pastor Zé Louco. Planejaram a emboscada para quando estivesse longe da Rua e sem a companhia de John e Malik. Marin, Az de Wallett, Alister, em cumplicidade com o delegado, estavam por trás do plano. Decidiram que, para não chamar os holofotes para eles, o executor deveria ser alguém fora do grupo.

Os fanáticos do Zé L. aguardaram Pedrinho sair da Rua com a bicicleta em direção às trilhas sinuosas da colina para aproveitar as subidas e descidas do lugar. Armaram a cilada e Pedrinho morre abraçado junto a um homem-bomba. Az de Wallett, Ravi e Alister encomendaram a extinção da imprensa por disseminar o envolvimento do banqueiro no cartel de câmbio e o delegado na máfia do ICMS, além de descobrir e divulgar a verdadeira identidade do Az de Wallett nas redes sociais com as fotos e o teste de aproximação que comprovaram ser o integrante do PCC. Marin estava duplamente indignado por descobrir que Pedrinho divulgara nas redes sociais a perseguição da ministra para prestar contas do patrimônio e as imagens de Simone namorando o padre.

John segurava com a mão direita a espingarda e com a esquerda o caixão que carregava o corpo de Pedrinho. Malik segurava com a mão direita a alça do caixão, e o casaco aberto deixava à mostra as pistolas. Dessa vez as duas estavam à frente na cintura.

A professora Miriam lembra o sonho do filho em tornar-se jornalista.

— Durante os anos de exceção vários jornalistas foram assassinados por denunciarem as atrocidades do regime. Hoje nem esperam se formarem. Estão matando os futuros jornalistas, porque o simples fato de pesquisar e estar informado já é ameaça aos exploradores...

Não conseguiu prosseguir, indo às lágrimas.

Quando o corpo foi depositado no túmulo, John e Malik estavam sob o efeito da fúria. A expressão franzida da testa dos dois amigos indicava que algo estava por vir. Os olhos azuis de Malik desaparecem dando lugar apenas à parte branca. O olhar fixo de John dera medo aos presentes, que se mexeram aos poucos em direção à saída. Ainda sob o efeito da fúria incontida, descarregam a espingarda e as pistolas em tiros contínuos para o alto. Os moradores que acompanharam o enterro saíram em silêncio, mas convictos de que os dois amigos vingariam a morte de Pedrinho.

John precisa colocar em prática o plano. Já eram 2h45, certifica-se de que todos dormem e sai do quarto. A touca preta deixa só os olhos à mostra. Abre aos poucos a porta da cozinha e sai para os fundos, dando a volta pelo galpão, atravessa os parreirais na forma horizontal em direção à casa do general. Entra pelos fundos sem ser notado. Aproveitara que o general estava no último dia de uma inspeção militar nas terras indígenas, após a descoberta de novas minas de ouro. Embora discursasse servir à causa indígena e o exército ser o guardião da floresta impondo o respeito, certamente foi pegar a quota dele.

Ao entrar, percebera Helena no quarto fechado entretida com o soldado. Então não seria entrave para fazer o que tinha que ser feito. Foi direto ao que lhe interessava. John se serve do necessário para o objetivo que tem em mente e sai da casa. Retorna pelos fundos da vindima, passa rápido o galpão e abre a porta dos fundos que deixara só encostada.

Malik visitava alguns conhecidos na Rua. Chega à cerâmica para ver o Agenor. Desconfiava dele pelas visitas seguidas à casa do juiz, e pela transformação do comportamento. Ao se aproximar da Simone e do Marin, distanciou-se do convívio, cortando a relação com ele e John, até mesmo o churrasco às tardinhas.

Pergunta-lhe firmemente se estavam rendendo as novas amizades. Agenor dá uma volta em torno de si mesmo, fica de costas, abre a porta do setor da produção e depois a fecha e chaveia por dentro, sumindo para o fundo da cerâmica.

Malik ainda fica conversando com os ex-colegas. Meia hora depois já havia descido e encontrava-se próximo à sibipiruna com o Adotter e o tio Pedro, segurando o garrafão ainda com uns goles de vinho. Enquanto aguardava John, ouvia a conversa sobre armas, a escolha, o manuseio, abrir, limpar e deixá-las prontas.

Tio Pedro, já na ânsia do próximo garrafão, volta-se para Malik e indaga se ainda lembra a forma como ensinara a pegar a arma.

— Esse aqui — diz a Adotter — lembro que mal sabia apertar o gatilho, mas quando passou a atirar não parou mais. Dava tiros até para cima só para ouvir o barulho dos estampidos. Após sofrer para retirar a rolha do garrafão, emenda que os tiros passavam raspando o teto do galpão para desespero do Adotter. Ao lembrar as histórias dos brigões, admitira que graças a ele trilharam o bom caminho. Dessa vez Adotter concorda balançando a cabeça e ri junto.

Depois da longa espera e de certificar-se de que John não viria para baixo da sibipiruna, deixa a companhia do Adotter e do tio Pedro e sai para a Rua. Ao passar em frente ao Az, ouve conversas e constata que a casa se encontra em pleno movimento para iniciar a rodada de carteado.

# PARTE XV

# A maneira a La Jhon

# 42

Era primavera e a sibipiruna exibia as belas copadas. A folhagem densa verde-escura e as flores amarelo-queimadas preenchiam os espaços, por onde nem o raio de sol passaria. Elevado acima da copa da sibipiruna, coberto pela vegetação da floresta, invisível pelas brumas das primeiras horas da manhã, o Monumento Maia abrigava, no ponto mais alto, o franco-atirador.

Mantinha o semblante focado, os lábios comprimidos e os olhos sedentos sem mexer à espreita dos alvos. Ajustado em sua posição de ataque, donde desfruta a visão panorâmica da Rua. Naquela altura sua companhia eram as brumas ao redor e as fumaças cinzentas acima. Vestia a touca verde-musgo, que deixava somente os olhos descobertos, e o abrigo semelhante às folhas que cobriam o monumento.

As mãos, cobertas com as luvas verde-musgo, controlavam a justiceira AW L96A1, o G22 Gewehr Scharfschützengewehren de tecnologia de última geração, produzida em parceria entre Áustria e Inglaterra. O cano da espingarda desaparece entre o denso volume de arbustos e folhas.

O relógio programara o fim do serviço para às 7h6min9s. Ajeita a mira em direção à porta ao lado do corredor da casa de Simone. Enquanto enquadra a arma tem em mente eliminá-la sem perdão. Merecia ser a primeira a cair com o tiro na cabeça, pondo fim à vida de crimes, egoísmo, injustiças. Nos 2min3s milimetrados para Simone ninguém aparece no pátio da casa.

Aguarda um instante, enquanto pensa no juiz mafioso, condescendente com os erros da esposa e que lucrou com a morte das próprias netas. Sem o movimento esperado, desloca a mira para o fundo da casa do general. Encontra as janelas e as portas fechadas com ar envolto em uma misteriosa calmaria. Retorna à esquerda. O juiz ainda não saíra do interior da casa nem enxerga Simone.

O plano era esperar sentarem-se à mesa colocada fora da casa, e em segundos cairiam ao lado um do outro. Executaria os atos programado e sairia rápido, antes que começasse o alarme das mortes. Retorna ao general. Deixa a mira perfeita. Como bom matemático sabia que a munição valeria mais. Mas morreria por outros fundamentos. Basta de lucrar vendendo as armas do exército, tirar a vida dos indígenas e roubar as riquezas naturais.

Desiste de esperar e eleva a mira, pois a igreja está no ponto alto; enquadra a porta da frente enquanto aguarda a chegada do padre. Correra 1min6s, conforme milimetrado para a morte, e tudo lhe parece calmo... calmo demais. Ninguém aparece. Procura pela abertura lateral. O padre Bento preferia sair pelo lado que dava direto ao pátio da igreja e por lá ficava por 10 minutos. Mas a porta continua fechada. Retorna com a mira à porta da frente.

Nesse ínterim veio-lhe à mente a voz do Malik: "Simone saiu sozinha com as crianças no carro. O padre é o único que me chama de Evan". "Evan, você precisa valorizar as pessoas que gostam de você." "O padre permaneceu na igreja", dissera Armindo. O lobisomem existe apenas na mente das pessoas. E que fique somente nelas e nem um pouco em você. Lembrou também do que dissera Davis. "O Neko só o incomoda. Entrou no sacerdócio para poder livrar-se dele."

Porém, retorna à mente o desaparecimento das crianças, a exploração da fé, a morte do padre Vinicius, que abrira as portas para o sacerdócio, e servira de ponte para a boa vida. Olhou para o céu e contou até três, direcionou a espingarda à parte mais ao fundo do pátio de Alister. Conhecia o itinerário das manhãs por onde caminhava com o jornal. O atirador segue o roteiro com o dedo indicador da mão direita grudado ao gatilho. Mas o que vê é o longo muro, a piscina e as sibipirunas.

Mantém o olhar sanguinário fixo na mira enquadrada, e eleva à porta do corredor da casa de Simone, onde pouco abaixo permanecem a mesa e as cadeiras à espera do homem e da mulher que diariamente, nesse horário, estariam ele lendo o jornal e ela a tomar o suco de laranja. Tenta manter a mira direta na porta por mais alguns instantes, e nada de aparecerem.

Redireciona abaixo na casa de Az de Wallett, gira ao redor para verificar se o avista, corre com a mira a extensão do imóvel. As portas estão fechadas e o pátio em completa calma. Manteve-se quieto, parado com a mira na porta da frente da casa. Como levava uma vida vazia, sem objetivos, sobrava tempo para dar ideias para as pessoas e se meter nas conversas. Junto com o bicheiro Lontra lavava o dinheiro com a igreja, oriundo dos jogos e da exploração dos aluguéis dos casebres miseráveis. Criou uma identidade falsa para viver como um cidadão normal. Pensara: "Tiveste uma chance. Escolhi que seria o último a matar. Mas vais morrer".

Levanta mais a espingarda e a mira está em frente à porta da casa do mafioso Ravi. A porta da frente e as duas janelas do corredor direito estão fechadas e sem qualquer movimento humano. Corre a mira em direção à porta dos fundos entre o poço artesiano e os parreirais, e ninguém aparece.

A Nova Igreja do Pastor Zé L. encontra-se como se estivesse abandonada tal como as casas da fronteira da Província do Sul. Só as folhas secas rolam ao sopro do vento. A essa hora arrumava as bancadas preparando a igreja para o culto.

Precisa repassar os componentes da lista e a situação permanece a mesma. As casas com portas e janelas fechadas e sem movimento. Segura por dez segundos a espingarda junto ao peito. Repassa novamente os alvos e nada de aparecerem.

O atirador confere o relógio, 7h38, passada mais de meia hora do programado, e nenhuma morte. Recolhe a arma, desce assim como subira, sem ser notado, e retira-se para o galpão onde, provisoriamente, a deixa no alçapão. Mais tarde a espingarda retornaria à casa do general da mesma forma que saíra.

Ficou sem entender, pois estudara os hábitos e sabia o horário em que abririam a porta das casas, as idas aos pátios, e o instante em que saíam à Rua. O general às 6h20 tinha o costume de caminhar até o fim do longo pátio, que media mais de cem metros. Simone não ficava sem pegar sol e tomar o suco de laranja sentada à mesa do corredor, antes do chá. Usava o corredor da casa para caminhar junto com o cachorrinho que corria ao seu redor. O juiz vinha logo em seguida fazer-lhe companhia vestido com o pijama azul-marinho, e trazia o jornal à mão. Eles tomavam o chá da manhã sentados nas cadeiras dispostas ao redor da mesa redonda colocada próximo à parede da casa.

Wallett abria a porta da frente às 6h30, ia até o portão onde deixava repousar os ombros por alguns minutos. Retornava à porta deixada aberta e sentado no degrau de entrada e tomava o chá na caneca preta. Pastor Zé L. ficava dez minutos à porta do fundo da igreja, onde tinha um poço de água e um tanque de lavar roupa. Após descia a Rua, às 6h40. O delegado às 6h30 saía à frente da casa e retornava para ficar entre o poço artesiano e os parreirais, exercitando-se, e depois tomaria o chá à mesa, colocada embaixo dos parreirais. O banqueiro Alister às 6 horas já estava de banho tomado e dava a caminhada de pijama ao redor da casa. E depois percorria os fundos, onde permanecia lendo o jornal. E o padre Bento às 6h45 descia os degraus da igreja e retornava para dentro. Reaparecia pela porta lateral, permanecendo dez minutos pelo pátio que antecede ao internato.

Próximo às 8h10, corre a notícia de que o delegado Ravi fora encontrado morto. Meia hora depois, a sirene anuncia a entrada na Rua dos carros da polícia acompanhados da perícia, ambulâncias e bombeiros. Há rumores das mortes do juiz Marin, do pastor Zé L. e do Wallett. O corpo tinha sido levado, mas os policiais permaneceram por horas na casa do Az de Wallett. Colocaram um cordão na frente da casa e impediram a aproximação dos moradores para acompanhar o ocorrido. Depois saíram em grupo cobrindo os policiais no centro da roda, formada para encobrir o que carregavam. O comboio de carros da polícia foi em direção à Rodovia. Percorrem cerca de 80 km e entram na fazenda com a casa e o galpão a trinta metros. Entram e fecham o galpão, e em menos de hora um avião aterrissa na pista para logo em seguida decolar com destino ignorado. Correram nos dias que se seguiram conversas no bolicho e na barbearia de que no porão do galpão havia toneladas de drogas que os policiais resolveram ficar para eles e comercializar com traficantes parceiros.

Às 8h43 noticiam as mortes de Alister, do general e do padre Bento. Na mesma ocasião, a polícia encontrou na casa do general Heitor barras de ouro junto a centenas de armas, e a espingarda moderna, último lançamento, convênio entre Áustria e Inglaterra. Mas ainda não sabiam ao certo o que se passava. O soldado que estava na cama com a esposa do general foi preso e passou a ser investigado, por tráfico de ouro e armas do exército. Os argumentos de que as armas e o ouro não lhe pertenciam e já estavam na casa foram insuficientes para livrá-lo das acusações. Saiu algemado e Helena disse desconhecer a atividade do soldado ligada ao tráfico de armas e ouro. Disse à polícia que era o soldado destacado para fazer a segurança da casa.

Marcaram o depoimento do soldado à polícia às 16 horas. O mundo aguardava com expectativa, pois concederia entrevista à imprensa. Ocorre que ficaram sem o depoimento e sem as respostas a possíveis perguntas dos jornalistas. Antes que pudesse exercer seu direito de defesa, foi encontrado enforcado. A perícia alegou suicídio. A Comissão Interamericana sobre Direitos Humanos mais uma vez se omitiu. Nenhuma nota sobre o caso. E a ONU manteve-se neutra como sempre. Limitou-se apenas a fazer protestos totalmente inócuos.

Jogaram suspeitas ao PCC e ao CV, que até o momento não tinham interesse nos fatos. Em resposta divulgaram uma nota, negando as acusações e com a promessa de que farão um grande benefício à população, acabarão com todos os concorrentes, incluindo os políticos corruptos.

Lucy depois de visitar o Hospital de Odessa retorna à Rua. No boliche informa que o laudo médico atestou a *causa mortis* por envenenamento.

John ficou sem entender o que poderia ter ocorrido. "Mas e Simone? O que ocorreu com ela que ninguém diz nada?" Simone fora levada ainda com vida, porém o estado era gravíssimo, ao hospital da província de Bielorum, devido à ausência de equipamento para mantê-la viva no hospital de Odessa. Estava em estado crítico e sofria muito. Davis estava sozinho na sala de espera e aguardava para entrar. Simone teria determinado às enfermeiras que era o único que queria ver.

— Preciso dizer onde enterrei as meninas.

Davis agarra-se à mãe, mas Simone reúne forças e o empurra.

— Dá a elas um enterro digno...

— Mas onde poderei encontrá-las?

— Enterrei nos fundos do internato, próximo à sibipiruna do início da floresta no lado direito. Cuida para não errar o local, pois existem mais ossos de crianças que não são as meninas.

Seriam as últimas palavras, se Davis não prometesse fazer o possível para salvá-la. Simone respondeu com o olhar venenoso, "meu destino já está traçado", e o empurrou para sair.

A polícia encontrou sacos de ervas venenosas na casa da família Marin e suspeitou que ela servira chás aos integrantes do grupo e após tomara o veneno. Veneno é objeto de uso feminino, não exclusivo, mas as mulheres têm mais probabilidade de usá-lo como arma. E Simone não era nenhuma santa, pois havia planejado a morte do padre Vinicius, matou as netas e ainda ocultou os corpos.

# 43

John sabia que as pessoas ainda iam à igreja e confiavam nos padres e pastores. Bastava alguém vestir o uniforme de general e o êxtase popular começaria a respeitar a farda sem investigar a origem de quem a veste. A farda, a batina, a toga transmitem a seriedade, sem importar a essência da pessoa que no momento faz uso do uniforme. E causam encanto no inconsciente popular. Enquanto houver a ignorância misturada à fé, os exploradores estarão à espreita nos pontos mais altos. Mudam somente os nomes dos falsos líderes. As crenças estão incorporadas na mente e os líderes corruptos controlam a informação e manipulam as crenças, até que a informação libertadora seja encontrada. Decepcionara-se com a falta de caráter por quem nutria a mais alta consideração e amizade, como Agenor, e de outros por quem lutara, como Lucy.

Porém, doía mesmo a falta do Pedrinho. Era amigo desde pequeno e "a imprensa". Lembra dele *fazendo grau* de *bike* na Rua e correndo por entre as trilhas sinuosas das colinas. As entradas em alta velocidade na vindima. Nesse momento John encontra-se em frente ao túmulo. A foto com o nome de Pedro Lanhu (2008-2020) — A Imprensa — está na lápide. Aos poucos retira o olhar da laje de pedra. Vira-se em direção à saída do cemitério aberto. Quando chegou próximo à calçada, ouviu um uivo idêntico ao de lobisomem. Mantém os pés fixos e gira somente o olhar à colina. Lembrou que a invenção de Malik fazia uivo idêntico. Mas ele não estava lá. E a máquina estava guardada no baú da casa n.º 19. Levanta a cabeça e mantém-se parado com o olhar sério. Dá de ombros e sai em direção à rua. No céu surgem três bruxinhas. Uma delas acena e diz: "Oi, John".

Após o quinto passo na calçada, à frente do cemitério, ouviu outro uivo idêntico ao de lobisomem oriundo da mesma colina, que inclui o fundo do cemitério, a rocinha e a casa do Armindo. Queria manter o olhar a frente, e repete baixinho: "Malik visita o Bael e o aparelho guardado no baú. Será que desta vez é o lobisomem?".

Ergue a cabeça e, por alguns segundos, ainda sem olhar à colina, lembra: "Mas nem entrou a fase da lua cheia e nem noite é ainda". Virou as costas e continuou em direção a casa. No céu reaparecem as bruxinhas. Uma delas acena. Porém, seguiu sem olhar.

Pensou... "A existência ou não do lobisomem e das bruxas não faz mal a ninguém. A ignorância é que é o mal e a sua exploração pela maldade humana." John caminha mais dez passos. Da colina vieram mais uivos, e as bruxinhas sobrevoaram acima dele. Continuou sem dar o último olhar. Manteve o corpo ereto e o ritmo decidido, já retomara o controle, caminhava indiferente aos voos das bruxinhas e nem se importava com os uivos. Correu os olhos para a aglomeração de pessoas em frente à moderna sede da igreja do pastor da cidade. Soube que o irmão do pastor Zé L., o Ali, assumira a Nova Igreja.

Retorna a casa e regozija-se pela família, o porto seguro, a mãe o esperava no portão, o pai trabalhador e sempre companheiro carrega a caixa de vinho. E avista o tio Pedro, que não vale o vinho que bebe, sentado em torno da sibipiruna.

# 44

Após baixar a poeira, John está à frente da casa deixando-se levar ao balanço da cadeira. Colocara a mente em ordem e estava imerso na análise da investigação policial que apontara Simone como autora das mortes, porém sem querer diz em voz alta o que ninguém conseguiria entender a não ser ele próprio: "Malik... Malik...". Já sentia saudades dele, com o Plik no colo. Vem-lhe à mente quando o atacavam em grupo para brigar e interferia para ajudá-lo. Depois no fundo do galpão com o tio Pedro aprendera as técnicas de luta. Cessaram as provocações. Eles cresceram e continuaram juntos no trabalho. Lembrou Samantha quando referiu os amigos decifrarem pensamentos, anteciparem e executar. Refletiu, "tomou a dianteira".

Sábado à tarde havia pouco serviço na vindima, que até Adotter estava no passo lento. Diva aconselha John a dar a saída com a moto para distrair a cabeça. Lembrou os convites de Malik para quebrar a monotonia do trabalho e visitar o senhor Lorenzo, e o curandeiro Bael. Em frente da casa n.º 19, Oto o informa que, com Tainá e o Plik, Malik foi à cabana do velho curandeiro. Era um senhor de 78 anos, que trazia no DNA a mística indígena, misturada com dons da feitiçaria obtidos pelo convívio com as bruxas e a prática de anos no manuseio das ervas. Dizia sem modéstia que conhecia tudo sobre as ervas medicinais... bem mais que os médicos.

Lembrou que o amigo comentara sobre o lugar tranquilo e as paisagens no caminho. E, precisava fazer a ecocaminhada para renovar energias, conheceria o lugar e ainda mataria a saudade do amigo. Retorna com a moto para o galpão, coloca o tênis e veste o abrigo. Aquece com polichinelos e agachamentos, e sai com o espírito de atleta para enfrentar os quilômetros da caminhada.

Depois de passar fios de água doce circundados por samaumeiras e castanheiras e presenciar voos rasantes do gavião-tesoura em busca das libélulas, as duplas de araras- escarlates e gaviões-reais planarem nas alturas em voo sereno, dera de frente com o banhado repleto de aguapés e de pássaros selvagens, como a ema de peito e pescoço pretos pondo o bico à procura de peixes. Determinado, contorna a imensa volta de mais de 3 km do banhado e enfrenta a subida íngreme de oitenta metros, apontando pouco a pouco a imagem em direção à cabana do Lorenzo. Ao chegar ao topo, é descoberto e resolve visitá-lo.

— Aí, xiru velho, que bom te ver!

— Entra para tomar a xícara de chá.

— Não posso agora, talvez na volta. Estou à procura da cabana do Bael. Oto disse que Malik está por lá.

— Mas senta um pouco, a cabana é ali. Já te explico onde fica. — John conhecia o "ali" do senhor Lorenzo, correspondia a mais alguns bons cinco quilômetros, no mínimo.

John observa a cabana e o pátio bem cuidado, e pergunta:

— Agora que limpou o ambiente da Rua, você pensa em voltar?

Lorenzo demonstra o semblante pensativo:

— Não voltarei. Agora me reacostumei e não saio mais por dinheiro nenhum do mundo. Olha o paraíso. Por que sairia? Aqui tenho tudo. Aproveita para levar John até o lago em que cria os peixes. Bate na goiaba madura com a taquara. E assim que cai no lago, traíras vêm se deliciar.

— Descobriram quem envenenou a corja? — John levanta o olhar na direção de Lorenzo.

— A polícia suspeitou da Simone. Não... Eu... não faço a mínima ideia de quem seja.

— E o cacique Dany?

— O que tem o cacique...?

"O cacique procurou os líderes grileiros, garimpeiros e madeireiros para fazer a trégua depois da morte do garimpeiro. A adolescente Yasmin de apenas 12 anos, a princesa Yanomanis, disparava no meio da floresta e gritava pelo socorro de Tanã, o irmão também adolescente, de um ano a mais, que sempre estava junto. Ela corria desesperada do garimpeiro que queria estuprá-la. Tanã pegou a melhor zarabatana, muniu com a seta venenosa e encheu o pulmão de ar, o máximo que pôde, para salvar Yasmin. A seta perfurou o ouvido do garimpeiro de lado a lado."

"Ninguém poderá fazer por nós senão nós mesmos", raciocinara o cacique. "Ao sentir a iminência da repreensão armada contra seu povo, reuniu-se com os líderes dos três grupos e convidou-os para tomar o chá da morte organizado pelas aldeias…"

— Já que não tinha a estrutura bélica para enfrentá-los, a saída foi ser criativo…E tinha as razões dele, pois o que faziam no território indígena… com mulheres, crianças, desmatamento, poluição dos rios com o mercúrio, roubo das riquezas naturais… não era pouca coisa. E sobre ervas nem os curandeiros entendem melhor. "…Ele pegou o avião e sumiu da aldeia sem dizer pra onde, após os garimpeiros, grileiros e madeireiros ilegais serem encontrados mortos."

John ficou por um segundo submerso nos pensamentos e, recém--retornado à realidade, se despediu de Lorenzo.

— Preciso ir porque a pernada é longa. E planejo o retorno para antes do sol se pôr.

Lorenzo mostra a direção para John seguir até chegar à cabana do Bael. Então comprova que eram mais de cinco quilômetros só para avistar a cabana. E quem está na frente dela o acompanha a quilômetros. Mais alguns passos e Plik o reconhece. Na camioneta embaixo do angelim-vermelho de 89 metros de altura conversavam Malik, Tainá, Vera e a filhinha Roberta. John ao enxergar Vera e a filha encosta-se ao tronco, a cinco metros da cabana, e fixa o olhar no amigo. Abaixa-se, senta na raiz saliente e descansa por três minutos. Levanta decidido a retornar, apesar do Malik correr, dar tiros para o alto e para o chão e suplicar para que ficasse.

Focado nos passos firmes, gerados a partir da ânsia incontida de voltar, nem percebera os cipós escuros escalando rumo às copas da floresta, os pega-pula pulando no chão, o voo da coruja-suindara e do gavião-real. Nem a beleza da arara-canindé competira com a atenção depositada na caminhada. O bando de estorninhos em voos rasantes e os urubus-reis à altura do céu passaram-lhe despercebidos. John cruzou pelo banhado sem notar o banhado. Perdera o que a natureza generosa oferecia. Caminhou submerso no tiro de espingarda 9 mm nos guaxinins. A poeira alta atrás da delegacia e a levantada próxima ao lago. "Às vezes o surpreendia no topo da sibipiruna." Considerou o convívio com as bruxas, o cacique Dany e os curandeiros.

Na etapa final, a corrida substituiu os passos largos, o que lhe proporcionou acompanhar Adotter, na escada colocada na sibipiruna da entrada da Rua, bater o martelo e pregar a placa — RUA DAS SIBIPIRUNAS.

Ao chegar à casa, sentiu a ausência do tio Pedro. A mãe explicou que estava ansioso desde as mortes e do nada montara o cavalo e saíra sem rumo pelo mundo para dar as campereadas dele. John começou a tentar entender se havia alguma lógica na saída repentina, mas, no instante em que as incertezas lhe tomariam conta, surgiu quem as fizesse desaparecer.

Anne corre da casa, pula e se segura na cintura de John com as duas pernas e no pescoço com as mãos. "Enfim, posso dizer que valeu a pena a amizade com Dona Maria. Ela, sim, retribuiu a minha ajuda."

Sem os inimigos as preocupações voltaram a ser os guaxinins. Os perigosos foram dissipados.